エドガー＝アラン＝ポー

エドガー＝A＝ポー

●人と思想

佐渡谷重信著

94

CenturyBooks　清水書院

命長ければ恥多し、長くとも四十に足らぬ
程にて死なんこそめやすかるべけれ。
——『徒然草』

はじめに

今日の日本人でエドガー・アラン・ポーの名前を知らない人はいないであろう。また作品の二、三ぐらいは読んだりして「推理小説」とか「怪奇小説」とすぐに思い浮かべる。しかし、ポーという文学者の本当の姿や、その芸術と思想についてよく理解しているものは案外少ないのである。「黒猫」を読んで「気持ち悪かった」とか、「アッシャー館の墜落」を読んで「怖かった」という程度の感想しかもたなかったとすれば、読者として恥ずかしい。それでは「知の貧困」のなにものでもないであろう。

ポーの作品がはじめて日本に紹介されたのは明治二十年十一月のことである。饗庭篁村訳「西洋怪談黒猫」が「読売新聞」に発表され、続いて十二月には「ルーモルグの人殺し」と題して訳出された。その時、ポーの名前は紙上に紹介されていなかった。しかし、約十年前の明治十一年頃、東京大学の学生たちがポーの作品を輪読していたのである。私は日本におけるポーの紹介と影響について以前に発表したので詳しくは述べないが、明治三十年代以降、大正、昭和を含め、これほど日本で愛読された小説家はいないのである。特に日本に推理小説の基礎を築いた江戸川乱歩はポーのフルネームをもじった名前であることは誰でも知っている。そのためであろうか、ポーは推理小説の元祖として、日本のみならず、世界の作家たちにもてはやされてしまった。それはそれでよいのであるが、フランス象徴主義がポーを始祖としているように、あるいはドストエフスキーがポーから開眼したように、ポーの思想と芸術は人間の運命や深層心理を見事に描きあげた本格的なものなのである。そのためポーについて書かれた伝記や研究書も多数出版されている。

しかしながら、ポーの生涯には不明な点も多く、その悲劇的生い立ちから死にいたる四十年間までの苦渋に満ちた生きざまを追跡すると、涙なくしては語れないものがある。四十年間、苦痛と貧困の中に生き続けるということは容易でない。しかも十三歳の花嫁を迎え、病弱の妻を愛し、若くして妻を失うという悲しい家庭生活と共に、詩と小説と編集者の仕事に追われながら経済的には恵まれず、ボストン、リッチモンド、ボルティモア、フィラデルフィア、ニューヨークと放浪するかのような転職と転居をくりかえし、最後はボルティモアの選挙運動に巻き込まれて死んでいった。

芸術家というものは小説家に限らないが、生前は無視され、あるいは競争相手に恨まれ、貧困を強いられるものである。ポーのように才能あるものがこんなにも冷遇されたケースもめずらしいものである。ポーの生涯はまさに一編の小説よりも奇であるといわざるを得ない。

世に《うたかた》という言葉がある。「よどみに浮かぶうたかたは、かつ消え、かつ結びて久しくとどまりたるためしなし」と『方丈記』に書かれている。ポーの運命はまさに、水の上の泡のように、はかなく消えていった。それはポーに限らず、人は誰でも死なねばならぬ。生きて悦楽の園に遊ぼうとも、死は万物を《無》に還元させてしまう。金が欲しい、よい生活がしたいと望むのも人情であろう。しかし「長者の万灯より貧者の一灯」という言葉もある通り、ポーは「貧者の一灯」によって、知命を冥界に求めたのである。

私は本書を書きながら、死のナゾよりも、生きることのナゾを強く感じたのである。ポーは何かを信じようと思って生きたか、何かを信じているとは思えず、また信じていない場合でも信じていないなどと思いたくはなかった。人間というものは、みんなスタヴローギンのような性格を内に秘めているのではないだろうか。私はそのようなポーの生き方に深い同情をおぼえるだけでなく、ポーを知ることによって、わが身を反省せねばならぬと思ったのである。

《生》の不条理！　私たちはこの不条理のナゾを解明できない。また解明しようとは思わない。ひたすら一瞬一刻を生きねばならないからである。そんなことを考えていたとき、ふと荀子の言葉「偶不遇は時なり、死生は命なり」を想い出したのである。

いま二年越しの約束を果たし、ホッとしている。以前からポーの生涯を書いてみたいと思っていたが、『ポーの冥界幻想』を出版した直後に、福田陸太郎氏のご推薦により、清水書院の清水幸雄氏からの再々にわたるご熱意と激励がなければ本書は完成しなかったであろう。最後になったが、編集部の堀江章之助氏にはいろいろご尽力をいただき心から感謝する次第である。

一九九〇年六月十日

佐渡谷重信

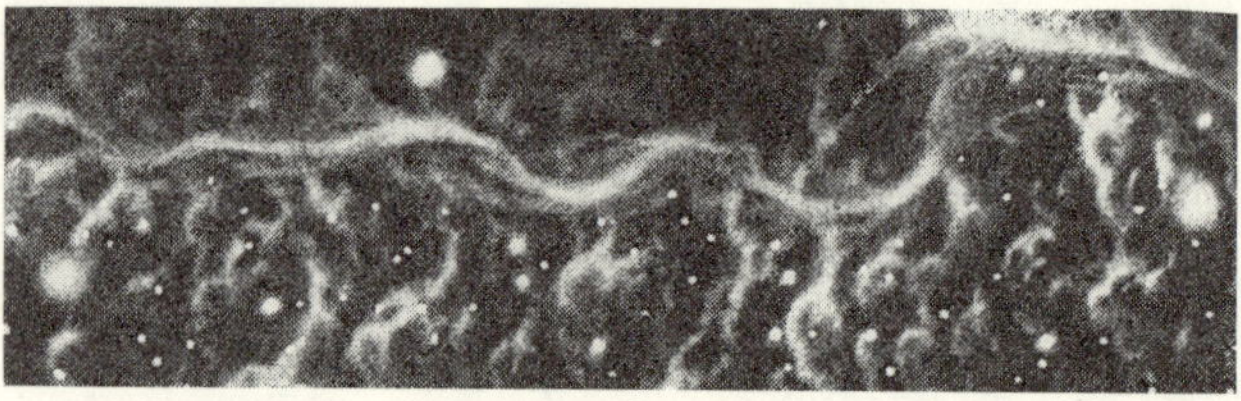

目次

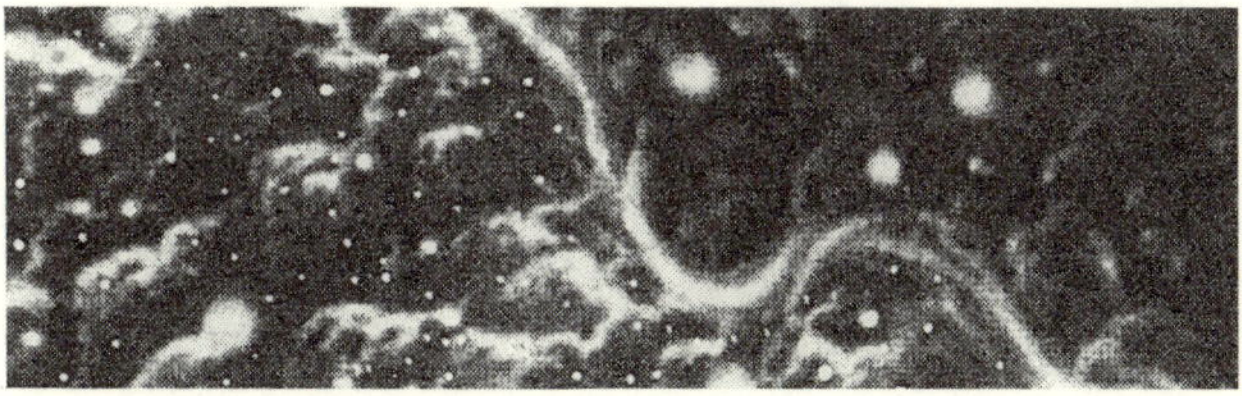

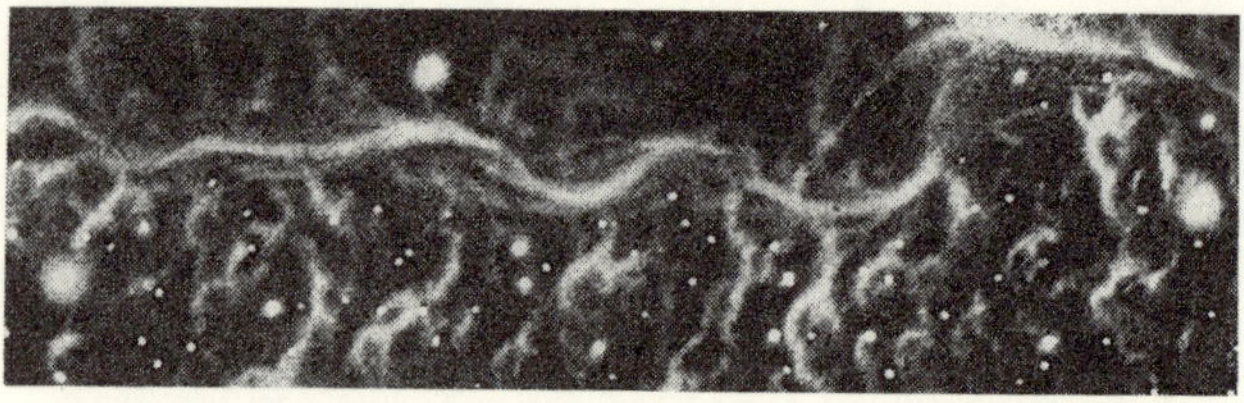

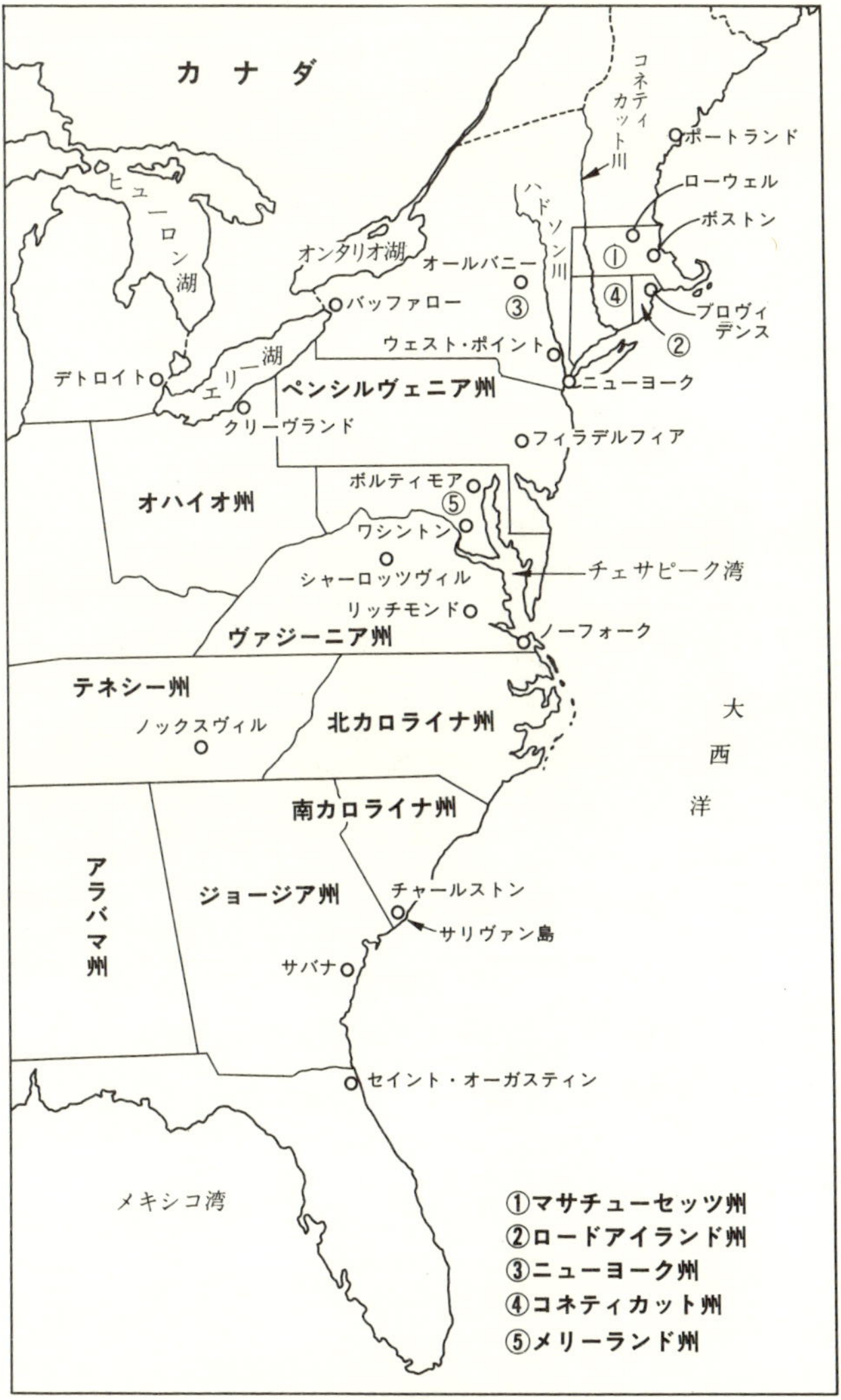
カナダ
ヒューロン湖
オンタリオ湖
エリー湖
コネティカット川
ハドソン川
ポートランド
ローウェル
ボストン
プロヴィデンス
オールバニー
バッファロー
ウェスト・ポイント
ニューヨーク
デトロイト
クリーヴランド
ペンシルヴェニア州
フィラデルフィア
ボルティモア
ワシントン
オハイオ州
シャーロッツヴィル
チェサピーク湾
リッチモンド
ヴァジーニア州
ノーフォーク
テネシー州
ノックスヴィル
北カロライナ州
大西洋
南カロライナ州
アラバマ州
ジョージア州
チャールストン
サリヴァン島
サバナ
セイント・オーガスティン
メキシコ湾
①マサチューセッツ州
②ロードアイランド州
③ニューヨーク州
④コネティカット州
⑤メリーランド州

ポー関係地図 1

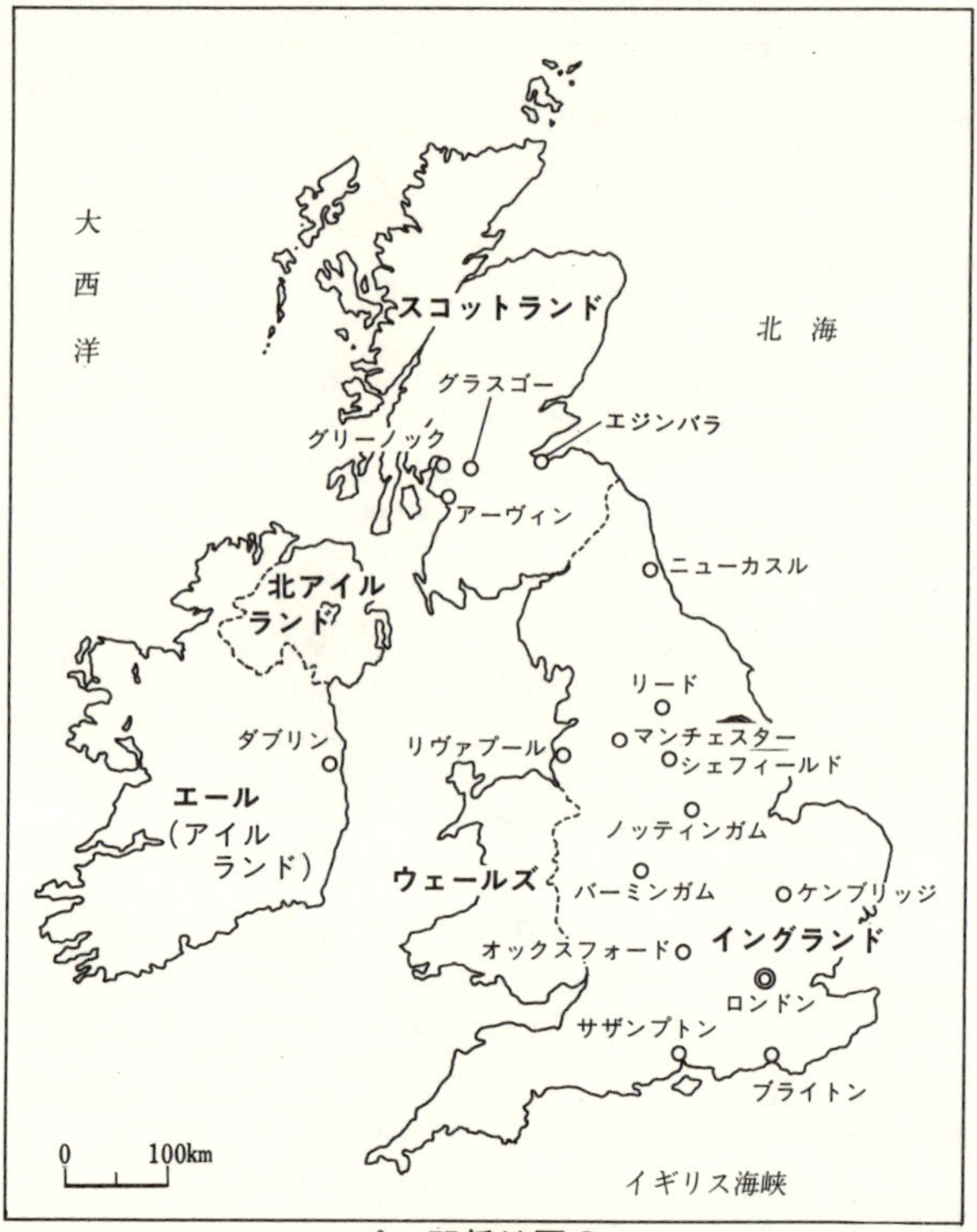
大西洋
北海
スコットランド
グラスゴー
エジンバラ
グリーノック
アーヴィン
ニューカスル
北アイルランド
リード
ダブリン
リヴァプール
マンチェスター
シェフィールド
エール
(アイルランド)
ノッティンガム
ウェールズ
バーミンガム
ケンブリッジ
オックスフォード
イングランド
ロンドン
サザンプトン
ブライトン
0
100km
イギリス海峡

ポー関係地図２

I

エドガー＝アラン＝ポーの生涯

一　ポー家の血筋

血筋を無視することは池魚の殃《わざわい》である。いかんせん、血は水よりも濃いのである。

ポー家の人びと

ポーの先祖は血統の正しいスコットランド系のアイルランド人で、曽祖父はデイヴィッド＝ポーという小作農民だった。妻サラとの間に四子をもうけ、次男のアレグザンダーが一七三九年に渡米した。独立戦争の始まる三十七年前である。この新天地に希望のあることを知った長男ジョンも渡米を決意した。すでに牧師の娘と結婚し、長男デイヴィッド（一七四三年生？）をもうけており、一家そろって渡米した。一七四九～五〇年頃のことである。はじめペンシルヴェニアのランカスターに住み、のちメリーランド州のボルティモアで糸車の製造業をしていた。

このジョンの長男デイヴィッド＝ポーが祖父にあたる勇敢な「ポー将軍」と称せられた男性である。それは独立戦争時（一七七八～七九年）にジョン＝マックレランの率いる歩兵隊の一員としてデイヴィッドが活躍し、少佐に昇級したばかりかボルティモア市の副主計総監補に任命され、さらに一七八〇年には革命軍の食糧を私財を投じて調達したことから、兵士たちから《ポー将軍》と尊敬されたのである。さらにデイヴィッドの妻エリザベス＝ケアンズ夫人は同郷の人びとと協力して兵士たちのために五百着もの軍服を縫って軍に寄付したという。

デイヴィッド＝ポー夫妻は七人の子供に恵まれたが長男、次男、三男が早逝し、四男が父の名を継いでデイヴィッド二世を名乗り、最初法律を志したが、やがて演劇に興味を抱き、ボルティモアの素人劇団で活躍していた。ところが一七九九年五月からボルティモアの「新劇場」に、チャールズ＝ホプキンズとエリザベス＝アーノルドを中心とする劇団が公演していた。演劇に熱中するデイヴィッド二世（十六歳頃）が新劇場に足繁く通ったのはその頃であろう。

チャールズ＝ホプキンズとエリザベス＝アーノルドが結婚したのが一八〇二年頃で、翌年二人は離婚し、同時にデイヴィッド二世がこの一座に出演のチャンスを掴み、一座はノーフォーク、リッチモンド、ワシントン、ボストンへと巡業を重ね、そして、デイヴィッドとホプキンズ夫人（エリザベス＝アーノルド）が結婚したのが、一八〇六年三月十四日～四月九日の間とされている。つまり、デイヴィッド二世二十二歳、エリザベス十九歳（？）。そして二人の間に長男が生まれたのが一八〇七年一月三十日、ウィリアム＝ヘンリー＝レオナードと名付けられた（しかし無類の大酒飲みのため一八三一年、十九歳の若さで死亡）。そして一八〇九年一月十九日、ボストンで次男誕生。これが文学者エドガー＝ポーである。この世に生を受けたエドガーは両親の愛の結晶か、父親の肉欲のいたずらか誰も知らない。たとえ後者であってもエドガーは自らの運命を自らの手で担わねばならなかったのである。

エドガーの両親はその時ボストン劇場のポウェル一座で活躍していた。体軀の小柄な母親は大きな顔に大きな瞳、さらに豊かな髪型が目立つ容姿だったらしい。しかも、舞台女優としての人気は抜群であったらしく、育児のために舞台を休むわけにはいかない。エリザベスは長男ウィリアム＝ヘンリーをボルティモアの《ポー将軍》デイヴィッド夫妻に預けたと同じように、エドガーも五週間後にボルティモアへ連れて行き、二月十日から再び舞台に出ることにしていた。実母の乳を知らぬ子の悲しみは、エドガーを無意識のうちにエディプス・コンプレックスにつくりあげたのである。ボストンはエドガーにとって眷恋《けんれん》の地であろう筈はなかった。

小柄で魅力的な女優

ボストンの二月は骨身にこたえる寒さである。落葉樹は骸骨のように身を寒風に晒し、ボストン港の白波をうける貿易船もまばらである。ナポレオン戦争に対して中立平和政策を打ち出したアメリカ政府が対英貿易を制限したからである。港町の活気は停滞し、市民の娯楽は演劇に向けられていた。観劇は教養を高めようとする貴族趣味の現れでもあったから、女優エリザベスの産休はファンたちの心を一時的ではあるが悲しませたことだろう。

エリザベスの体調は回復した。そして二月九日のボストン『ガゼット』紙は、十日からエリザベスが舞台に復帰することの記事を喜々として報道した。記者はエリザベスが出産の床を離れたことを祝い、「小柄で魅力的な女優」が、通俗劇『大山賊アベイリーノ』のロザモンダ役で出演すると述べ、さらに彼女は「容姿と才能」に合った適役だと報じた。もちろんこの通俗劇には夫のデイヴィッドもコンタリーノの役で出演するが、新聞は一行もふれずじまいだった。かくしてこの劇団の中心はデイヴィッド夫妻であったが、その経験と実力は当然のようにエリザベスが数枚上である。やがて劇団は一八〇九年の秋のニューヨーク公演を皮切りに、ボルティモア、リッチモンド、ノーフォークへの巡業に向かった。ボルティモアでは二人の子供を養育してもらっている《ポー将軍》に逢い、そのときエドガーだけを引き取ったと思われる。それは一九一〇年十月十八日のリッチモンド公演以後であろう。

ところがその後、思わぬ事件が発生した。十月のリッチモンド公演を終えて、突如、夫のデイヴィッドが失踪したのである。(2) その原因は不明だが、スコットランド系の女性と駆け落ちしたとか、アルコール中毒患者となり失踪したとか、端役ばかりで希望を失ったとか、いろいろな憶測が飛んだ。結局は有能な女房に頭があがらない男のエゴに過ぎなかったのだろうが、不幸にして、その時、エリザベスは妊娠七か月だった。だが、夫の失踪にエリザベスは泣かなかった。意志の強さと子供への責任感から、自滅することは避けよう、そう決意した。十二月二十日（頃）長女ロザリーがリッチモンドで誕生した。

母の死

九月二十一日の公演以降は出産の準備で出演していなかったため収入は絶え、エドガーの手を引いて買物するエリザベスの哀れな姿が人目を引いた。『リッチモンド・エンクワイヤラー』紙はエリザベスの演技を絶賛しながら、現実の生活の貧困を報じていた。

当時リッチモンドにはスコットランド系を中心とする家族ぐるみの交際があり、貿易商ジョン＝アラン夫妻、婦人帽を商うフィリップス夫人らがおり、貧相なエリザベス母子を見かねて、フィリップス夫人が自分の家の部屋を無料で提供し、家具やリンネルなども部屋に運び込んでやった。[3] おそらくロザリーが生まれたのは、このフィリップス夫人の部屋であったろう。

エリザベス＝ポー

こうした親切に支えられながらエリザベスが舞台に復帰したのは翌一八一一年一月二十三日であったし、産後の肥立ちは良くなかった。ロザリーはやや知能遅れの子供だった。エリザベスの仕事は八月以降、ノーフォークからリッチモンドを中心に行われたが、十月十一日公演はオーギュスト＝F＝F＝フォン＝コッツェブーの『異邦人』*(The Stranger)*のヴィンデルゼン伯爵夫人が最後であった。エリザベスが病に倒れたからである。収入は一切なく、貧困もどん底になった。『リッチモンド・エンクワイヤラー』紙は同情のあまり、子供に見守られながら病の床にある故、読者の援助を求めるというアッピールを行った。健康状態は日を追うごとに悪化し、回復の見込みはなかった。友人、知己が子供たちの世話をしたが、子供たちは顔色も悪く、痩せこけたままだった。そして十二月八日、エリザベスは霊界の鬼と化したのである。行年二十四歳（?）だった。

エリザベスの葬式は、二日後の十日十時から劇団の友人ルーク＝ノーブル＝アッシャー夫妻をはじめ友人、知己によって執行され、遺骸はリッチモンドの聖ヨハネ教会の墓地に埋葬された。もちろん失踪した夫デイヴィッドの行方は不明のままだが、噂によるとスコットランド系の女性と駆け落ちし、エリザベスの葬儀の翌十一日に死亡したという。(4)

棺がしずしずと墓地の中に降りるのを見つめるエドガーは、二歳十一か月であるが、幼いながらも死の悲しみは知ったであろうか。いな、牧師の祈りの言葉を耳にとどめて、棺が土に覆われ、消える姿に無感動であったろうか。残されたただ一枚の肖像画の中に母親への想いを馳せていただろう。他に想いを馳せる遺品などはほとんどなかった。エリザベスの舞台衣装や装飾品類は彼女の死報を知った不届きな泥棒が盗み取ってしまったからである。残されたものは使い古した衣類、手帳、手紙類、空《から》の宝石箱ぐらいだった。長兄のウィリアム＝ヘンリーは母の髪、姉のロザリーは宝石箱を形見としてもらい、他はエドガーが受け取った。手紙類や手帳は後年エドガーが読んだかもしれないが、遺品の中に思わぬものが一点あった。それは一枚のボストン港を描いた水彩画である。この画の裏に母親の文字でこう書かれていた。

《一八〇八年、ボストン港、朝》《私の幼いエドガーのために。彼が誕生の地であり、この母親にとって最もすばらしく、最も気の合った友人を見つけることができたボストンを永遠《とこしえ》に愛してくれることを願いて》

この水彩画はエドガーが胎内にいるときに描かれ、出産後に文章が書き加えられたのであろう。ボストン——ポーは心の故郷であろうとしたが、それは霞の如く消え、幼年期のエドガーは南部人として成長していったのである。

二　アラン家の一員

エドガー＝アラン＝ポーの誕生　ボストンにエリザベスの死が伝えられたのは十日後である。『ボストン・パトリアット』紙（十二月十八日号）は次のように伝えている。

以前ボストン劇場で一シーズンにわたって、観客を大いに喜ばせたポー夫人は今月九日リッチモンドにて急死した。多分、その原因は夫の奇行が原因であり、彼女の気まぐれに因るものではない。彼女の遺体は見知らぬ人びとの涙を誘った。人生という舞台はなんとはかないことであろうか！

記者はエリザベスに限りない哀惜の情をもってボストンの人びとに伝えた。エリザベスの死後十八日、リッチモンド劇場は大火に襲われた。俳優と観客を含め、計七十二人が焼死するという大惨事である。この大火以後のリッチモンドは日を追うごとに衰退の一路をたどった。人びとの心の花は萎み、春秋の楽しみは過ぎし日の思い出に変わったのである。

冬は残酷な死の季節であった。

フランセス＝アラン

ジョン＝アラン

エリザベスの霊魂《アニマ》は悲しむ子供たちの頭上に中有しながら、その後のことを思い続けたであろう。翌年一月七日、エドガーはジョン＝アラン夫妻に、ロザリーはアランの友人ウィリアム＝マッケンジー夫妻に、それぞれ引き取られ、冥界のエリザベスも薄命の悔恨を癒すことができたであろう。

風よ吹け、嵐を起せ！　そしてエリザベスの霊魂《アニマ》は寒いチェサピーク湾へ飛んでいった。

養父アランとアラン夫人の溺愛

「エドガー＝アラン＝ポー」の誕生は街の祝福をもって迎えられた。なぜなら、アランはリッチモンドでは裕福な貿易商として知られていたし、夫人（フランセス＝キーリング＝ヴァレンタイン）と結婚して八年を経るが、子宝に恵まれなかったからである。

ではアランとはどのような人物であるのだろうか。彼は一七八〇年スコットランドの西部にある港町アーヴィン（エアーシアという説もある）に生まれ、十五歳のとき、リッチモンドでタバコ商を営む叔父ウィリアム＝ゴールトを尋ねて渡米し、ゴールトの店で働きながら成長した。一八〇〇年十一月、二十歳のとき、同じゴールトの店で働いていたチャールズ＝エリスと共同出資（英貨千ポンド）して「エリス・アラン商会」を設立、タバコをはじめブドウ酒、小麦、コーヒー、織物などあらゆる商品の輸出入業者として成功を収めた。同じ年、ジェファソンはフェデラリストを破って大統領に当選、世はヴァジーニアの時代を迎えつつあった。

一八〇三年、アランは美しいフランセス＝キーリング＝ヴァレンタインと結婚、翌年、アメリカへの帰化も認められ幸福な生活をスタートさせたが子宝に恵まれず、そのときエリザベス母子と知己になり、大きな青い目の利発そうなエドガーを以前から可愛がっていたアラン夫人が、同じスコットランド系の血をもつ孤児を特に望んで養子にしたいと申し出たのである。

一日の食事すら十分にとることのできなかったエドガーにとって毎日の食事、清潔な衣服が与えられたことは、幼心にも嬉しかったであろう。そのことが一時的にも母親のイメージを遠ざける結果となった。特に養母フランセスがアラン以上にエドガーを溺愛したのは、子に恵まれぬ母性本能からであろう、ようやく女性としての生き甲斐を感じ始めた。他人の子を養育するということは、子供の幸福を真剣に考えることもあろうが、多くの場合、養育する側のエゴが優先する。エドガーもその例にもれなかった。アラン夫妻は小旅行に必ずエドガーを胸に抱きかかえるようにして連れ出すのだった。

対英戦争

一八一二年六月十九日、アメリカはイギリスに宣戦布告した。それもナポレオンの戦略に引きづり込まれたのである。ナポレオン戦争以後、ジェファソン大統領が対英仏貿易を制限したことから、アランの仕事も当然のように不況になった。合衆国全体で年額一億一千万ドルの輸出額が二千万ドルに激減したことから政局の不安は一般民衆の生活に及んだし、そのため老人政治家が隠退して若々しい政治家が議会の主導権をにぎり、彼らの過激な主張によって、イギリスに宣戦布告してカナダを占領せよという意見まで出た。

しかし、アメリカにはイギリスと戦闘するだけの心の準備も軍事力もなく、一八一四年八月にはチェサピーク湾に侵入した約二百名のイギリス海兵隊のためにワシントンは占領され、議事堂をはじめ官庁の建物は焼討ちされた。イギリス軍は、さらにボルティモア港口にあるフォート・マックヘンリー要塞を攻撃したが、司令官ロスは千四百人のアメリカ守備軍の攻撃を受けて戦死し、要塞には堅固を誇るかのように星条旗がひるがえっていた。一時的にイギリス軍艦に捕らえられていたワシントンの検事フランシス＝スコット＝ケイは無事に釈放されて、ボルティモアで星条旗を仰ぎ、満天の星を眺めながら、感動のあまり"Oh, say, can you see, by the dawn's early light."（おお、暁の光に星条旗が輝いている）にはじまる詩を書いた。九月十三日は東雲《しののめ》来る前であった。これが有名な詩「スター・スパングルド・バーナー」であり、実に百十七年後の一九三一年三月三日に国歌として議会が承認したのである。国歌はさておき、ナポレオン戦争がヨーロッパで終結を見たことからアメリカとイギリスと戦うことの必然性を失い、一八一四年十二月のガン条約で戦争は終わった。

このような戦局の不安はリッチモンドにも伝えられたが、資産家のジョン＝アランはエドガーに洋服を仕立て、クロチルダ＝フィッシャーやウィリアム＝エウィングの私塾に通わせていた。

ストーク・ニューイントンのマナー・ハウス学校

対英戦争が終わったことからアランの仕事も事業を拡張する機会に恵まれ始めた。

アラン家の渡英

そこでアラン一家は一八一五年六月二十四日、ロセーア号でアメリカを出発、七月二十八日リヴァプール港に入り、しばらくリヴァプールに滞在した後、スコットランドのアーヴィンに向かった。アーヴィンは人口五千、それでも当時としてはグラスゴーとともに貿易港として繁栄していた。アーヴィンはアランの生まれ故郷である。そこには妹メアリーとジェーンが元気に生活し、友人たちもいた。アランは故郷に錦を飾ったのである。そしてエドガーは、アーヴィンのグラマー・スクールに通学することになる。エドガーは六歳、スコットランドにおける初体験である。しかし、ポー一家はグリーノック、グラスゴー、エジンバラ、ニューカスル、シェフィールドを旅して一八一五年十月七日にロンドンに入った。これはロンドンに「エリス・アラン」商会の支店を開設するためである。

アラン家の期待を一身に担うエドガーは、デュブール姉妹の経営する私立学校で寄宿舎生活（一八一六〜一七年）を過ごした。一方、フランセスはロンドンの不順な天候、毎日のようにスモッグのさめざめと降る冬季の寒さで健康を害し、転地療養のため、サザンプトンやタイデマウス（デボンシャー州）へ移動した。こうしたことからエドガーも転校を余儀なくされるが、一八一七年の秋期から、ロンドン郊外にあるストーク・ニューイントンのマナー・ハウス学校（校長はジョン＝ブランズビー師）という私立学校に入学した。この学校の雰囲気は後に「ウィリアム・ウィルソン」の中に映し出されている。(5) それればかりか「アッシャー館の墜落」のような中世的幻想は、ストーク・ニューイントンの荒涼たる、メランコリーな暗い森の静寂《しじま》とも無関係ではないだろう。

甘やかされた少年

アランは、マナー・ハウス学校への納金として一八一八年七月から一八二〇年五月までに三百五十ポンドを支払っていた。この金額は当時にあって最高の授業料であったから、アラン家の教育熱心さがうかがえる。ではエドガーはこの学校で何を学んだのだろうか。日本でいえば小学校四年〜六年に相当する学年暦であるが、外国語（ラテン語、フランス語）をはじめ、歴史、文学、算数、絵画、音楽など一般的教科である。しかし、抜群の成績だったかどうかの証明書はないが、校長ブランズビー師によると、エドガーは「理解力のはやい、賢明な少年、両親から甘やかされずに育ったら、もっと優れた少年になっていただろう」と批判的だった。たしかに、アラン夫妻はエドガーに必要以上の小遣いを与えていたらしい。一八一九年十一月には故郷の叔父ウィリアム＝ゴールトに手紙を書き、「エドガーは田舎の学校に在籍し、大変立派な少年、よい生徒です」(Edgar is in the Country at School, he is a very fine Boy & a good Scholar)[6]と自慢している。文章の稚拙、英単語の大文字と小文字の区別もできない無教養な義父アランの親馬鹿ぶりがよくでている。

ところがロンドン支店開設の仕事は失敗に終わった。生活も日を追うごとに苦しくなり、手元に百ポンドしか残らず、遂に一家はアメリカへ引きあげることになった。一八二〇年六月十六日の夕方、一家はリッチモンドへ帰国の途についたのである。

フランセスは風土の違いから病に冒され、不愉快なイギリスでの五年間であった。そのため帰国はフランセスにとって喜ばしい。マーサー号はニューヨークに向かう。ロンドンでのアランの失敗より、家族を守るためにもこの船旅は必要だった。大西洋上の潮風は快い。エドガーも久し振りの帰国にはしゃいでいた。三十六日間の船旅を終えてニューヨークの波止場に着いたのが七月二十一日、翌日の『ニューヨーク・デイリー・アドバイザー』紙はアラン一家の帰国を報じていた。七月二十八日、一家はニューヨークを発って、海路、ノーフォーク経由でリッチモンドに八月二日に到着、ひとまずチャールズ＝エリスの家に旅装をといたのである。

少年を捉えた湖水地方

エドガー＝アラン＝ポー少年にとって五年間の滞英経験は、後に詩人として活躍するうえで貴重なものであった。少年の感受性は、スコットランドの風光明媚な自然の姿に、湖水の四季の美しい変化によって学校生活の憂愁を忘れることができたであろう。山と緑は少年を自然への愛と未来の夢で包み込み、古き代の古城と暗い墓地が幻想的世界として、エドガーを捉えたことだろう。一八二七年に書いた「湖水——に寄せて」は、エドガーが愛した湖水地方の追想詩である。荒れはてた湖水は孤独だった。黒い岩、丈の高い松の樹、真夜中は柩の黒布だった。

死神は毒の波間にゆらめいて
その深い湖水の底の中に、似合いの墓地があった、
そこから慰めを引き出すことができる
孤独な私の想いのために、
寂しい魂は
エデンの園を暗い湖水にしてしまう。

エドガーは少年の頃から、湖水の底にしばりつけられていく、悲しくも孤独な死のイメージを持ち続けたのであろうか。死は神秘でも幻想でもなく、それは人間が必ず迎えねばならぬもの。死は己の魂を恐怖の谷へ導くものであろうか、否、歓喜の瞬間であろうか？　エドガーは若くして成熟した青年のように、リッチモンドからスコットランドの自然を懐かしんだのである。

三　リッチモンド時代

「英語・古典学校」に学ぶ　リッチモンドに帰ったポー（エドガーを以後、こう呼ぶことにする）は、ジョウゼフ＝H＝クラークの経営する「英語・古典学校」に通学するようになった。ダブリン出身のアイルランド人クラーク校長は、ダブリンのトリニティ・カレッジ出身者であり、ポーは校長からフランス語とラテン語を学んだ。さらに朗読法と演説《スピーチ》を学び、オウィディウス、カエサル、ヴァージル、ホラティウス、キケロなどをラテン語で、ホメーロスとクセノポンをギリシア語で読んだという。

天才は少年時代に萌芽するものである。ポーの詩才は生まれながらのもので、その詩的想像力は驚くべきものがあった。十歳のとき、アランは、ポー少年が創作した詩をクラークのところに持参し、それを発表したいという。事実、その詩は純粋な詩で、すばらしい出来ばえであった。リッチモンドの数名の少女たちに宛てた詩であったが、その才能をクラーク校長は高く評価していた[7]。

その後、クラーク校長は一八二四年四月、ウィリアム＝バークに学校の経営権を譲渡したため、ポーはそこに再入学し、外国語（ラテン語、ギリシア語、フランス語、イタリア語）には抜群の成績を収めたが数学、地理は苦手だった。

在学中のポーはもの静かで、友人たちとも比較的うまくやっていた。かといって消極的ではなく、快活にして元気な少年だったが、特にクラスの人気者ではない。放課後、友人と家路につくことはめったになかったし、友人たちは互いに相手の家庭で夕食を共にしたが、ポーはそれを嫌った。ようするに非社交的な性格だったという。(8)

こうした非交会的なポーであったが、一人だけ友人ができた。ロバート＝スタナードである。ここに新しい夢と希望が生まれ、その直後に絶望の嵐が襲うとは、ポー自身も予想だにしなかった。

恋する少年

一八二三年の何月かは不明であるが、ロバートは友情のしるしとして、ポーを自宅に招いたことがある。ポーがロバートの母親（ジェイン＝スティス＝クレイブ＝スタナード）とはじめて逢うや、その美しさに脳髄に電気が走る思いだった。養母フランセスのやさしさとは違った知的気品が容姿に漂い、ポーは人間のもつあらゆる感情——美、愛、尊敬——を越えたものを抱いた。ポー十四歳のときである。

「まあ、よくおいで下さいました。エドガー＝アラン＝ポーさま。そう、エディと呼ばせて下さいね。」ジェイン＝スティス＝スタナード夫人はポーの手を取って部屋へ連れていった。彼女のやさしい物腰と言葉遣いは天使のようであった。孤独なポーは感動のあまり、挨拶の言葉を失い、まるでしばらく意識を失ったかのようだった。ポーは夢のように酔い痴れ、その日は帰宅したが、ポーの願いはただ一つ、もう一度、ジェインの美しい言葉を聞くことだった。(9)

ポーはその後何回かスタナード夫人を訪ねた。そのたびにポーの魂は、その純粋な魂はますます清められ、満天の星のように輝き、幸福の絶頂にわが身を置くことができた。夫人の慰めは不幸な両親の死の悲しみを忘却させ、未来に勇気と希望を与えてくれた。その時、ポーはアラン夫妻や友人にも語ることの出来ない孤独と悲しさを訴えることのできる女性をこの世に発見し、ひしひしと喜びを味わうのだった。それは亡き母エリザベスの霊魂の復活のようにさえ思えたのだろう。

ところがスタナード夫人は病弱だった。透き通るような白い肌、大きな、やさしい瞳はポーとの霊的交感を求めているようだった。そのスタナード夫人がポーの夢を破るかのように病死した。時に一八二四年四月二十八日、行年三十一歳の若さであった。

ジェイン＝スタナードの家

霊魂《アニマ》に語る愛の歌
「ヘレンの君へ」

ポーは傷心をひきずりながら、スタナード夫人の葬られたショッコ・ヒル墓地を訪れ、さめざめと泣きくずれた。毎日、冷たい雨の日も激しい風の日も、墓石を抱きしめながら、ポーは夫人の霊魂《アニマ》に語りかけた。雨の降りしきる音は夫人のやさしい慰めの言葉と変わり、闇夜をつらぬく無情の風は、たしかに夫人の霊魂《アニマ》の、哀しい、あまりにも哀しい歌声であった。おゝ、非情なる天命よ、神よ、私をなぜこんなにも悲嘆《かなし》ませるのか、わが霊《たま》を、あの愛《いと》しき女神と合体させておくれ[10]——ポーはそのように想い続けながら、後に愛の歌「ヘレンの君へ」("To Helen")をつくったのである。

ヘレンの君よ、汝《な》が美しさは、
　古き代のニケヤの小舟、
静寂《しずか》なる、潮風薫る海原《うなばら》に、
　さすらいの旅人《たびと》は疲れはて、
汝《な》が故郷《ふるさと》にたどりつく。

荒海にただよう悲しみわが胸に深く、
　汝《な》が紫紅の髪ふかく、典雅の顔容《おもて》、
水の妖精《ナイアド》を想わせる汝《な》が容姿《すがた》は、
　そは、ありし日のギリシアの栄光《ひかり》、
そは、ありし日のローマの壮麗《さかり》。

見よ！　窓辺に汝《な》が高貴《けだかき》を眺むれば、
　わが瞼《まぶた》に浮かぶは聖なる彫像《かたち》！

汝《な》が御手《みて》に瑪瑙《めのう》の燭火《ひ》もちて、
ああ！　聖なる国より降りゆくは、
プシューケの美神《めがみ》よ！

詩は読むためのものではなく、わが魂の奥底から歌うためのものである。ポーはこの詩を歌いながらつづり、つづりながら歌った。哀切かぎりない心霊の絶叫《さけび》、美しい夫人を恋する嘆きの少年が天国から地獄に墜落しながら、亡き夫人に「水の妖精《ナイアド》」を想い、「御手《みて》に瑪瑙《めのう》の燭火」をもつプシューケの美神《めがみ》によって己が魂の救済を渇望したのである。

スタナード夫人の嘆きの死が、ポーの情熱《パッション》を駆りたて、ポーを魂の詩人に創りあげた。オリュンポスの詩人たちが、現世《うつしよ》の神の心を歌った如く、神の心はいつも人びとの心を若返らせてくれる。霊感を信じる者はすべて詩人である。プラトンとの対話篇『カルミデス』の中でソクラテスは語っている――「魂は呪文によってその病を癒されるのだが、この呪文は美しい理性であって、この理性により節制の徳が魂のなかに生ずる」。ポーにはそんな理性を必要としなかった。

さすらいの詩人、バイロンへの傾倒　ポーの詩人としての運命はスタナード夫人の死によって、病気の竹が真っすぐ生えるように、ぬくぬくと暗いリッチモンドの土壌から芽を出した。しかし、その頃、リッチモンドでのアランの仕事は不調だった。スタナード夫人の死と時を同じくして、

バイロン

エリス・アラン商会は経営不振で解散の憂き目をみた。アラン家が自宅を売却して転居せねばならなかったとき、アランの叔父ゴールトが一八二五年三月に死亡し、その全財産がアランに遺された。思わずアラン家は再び金満家となり、リッチモンドの本通りに、一万四千九百五十ドルの立派な二階建ての豪邸を購入し、上流階級としての身分を保持することができた。

豪邸の裏手には美しいジェイムズ河が流れ、河の遠方に見える樹木は四季の変化を満喫させてくれる。ポーの部屋は一階にあり、瑪瑙の燭火《ランプ》がついていた。窓から夜ごとに、輝く星空を望遠鏡で眺めながら、星座に浮かぶ女性の幻影を追い求めた。そのとき母親とスタナード夫人の幻影が重なり合うのである。《母上よ、スタナードさまよ、私の心はハロルドのように、悲愁と寂寞のうちに傷み続けるでしょう》ポーは闇の幻影に語りかけた。

ポーが熱烈なバイロン崇拝者になるのはこの頃からであろう。バイロンばかりではない。リッチモンドという文化都市では、文芸雑誌や文学書を入手することは容易だったから、コールリッジ、ドライデン、グレイ、ミルトン、テニソン、ゴールドスミス、サウズィらから詩的感性を育むことができた。しかし、ポーの魂を激しく揺さぶるものは、バイロンとテニソンを置いて他にない。あゝ、君の唇が、わが眼《まなこ》にしみるよ、熱きくちづけを誘いつつ、聖き歓喜《よろこび》。あゝ、あの清らかな胸がわが夢を結ぶよ、白雪のうえに倚り伏せば……（「M・S・Gに」）。バイロンの憂愁と悲嘆はポーの脳裡を支配していた。

ロンドンに生まれ、放蕩の貴族父親の家出、そのため母方の郷里スコットランドの北岸アバーディンに移り、やがてイングランドのノッティンガムへ、さらにニューステットの僧院へとさすらいの旅を続けたバイロンは、気質的にもポーの運命と近似していたのである。『チャイルド・ハロルドの巡礼』が一夜にバイロンを有名詩人にさせたように、ポーもバイロンのような情熱の詩人たらんとしたのである。だから、バイロンを模倣しながら詩作に専念した。ところがアラン家は芸術よりも金銭を愛した。将来ポーを外交官か行政官にさせようと思っていたアランはバーク校を退学させ、ヴァジーニア大学入学の準備に入った。そのために家庭教師を雇い、ワシントン＝アーヴィングがそうであったように、ポーに法律を学ばせようとしたのである。これも叔父ゴールトが残してくれた遺産によるものであった。

エルマイラとの恋

《ヴァジーニアの貴公子》――これが一八二五年三月以降のポーに与えられた称号だった。家庭教師付貴公子は乗馬の趣味をもち、月夜にロマンティックな旋律でフリュートを奏でるのである。街の若い乙女たちは誰もが碧い目の美少年に羨望せずにはいられない。そうした乙女たちのなかに、近所に住む美少女サラ＝エルマイラ＝ロイスターがいた。小柄で黒髪と黒い瞳がポーの魂を魅了したのであろう。エルマイラにはポーの気質とは異なる快活さと天真爛漫さがあった。物静かで、口数の少ないポーはスタナード夫人の死後、はや一年余

エルマイラ＝ロイスター

が経つのに、砕け散る運命に一人耐え続けている時、エルマイラの大きな愛くるしい黒い瞳が、ポーの人生の曙、愛と希望の歓喜に変わっていった。

　ポーはいつしかエルマイラを愛するようになっていた。二人は手を携えて森や荒地をさまよい、寒い冬の日には、ポーの胸の中に美しいエルマイラの顔を包んでやった[11]。エルマイラは十五歳の乙女である。やがてポーが彼女の家に足繁く通ったのは知り合った年の夏から秋のことである。リッチモンドの秋風は快よく二人に愛の微風《そよかぜ》となり、ロイスター邸の客間からはエルマイラの愛のピアノの演奏に合わせて、ポーの若々しいテノールの歌声が聞こえたり、ピアノとフリュートの楽しげな演奏が二人の愛を育ませていった。そして、ポーは遂に小さな胸を震わせながら小声でいった。「エルマイラよ、ぼくは、君を世界で一番愛しています。結婚して下さい」。彼女の黒い瞳は輝き、その返事はただ一言「はい、私もあなたを愛しておりますわ」。ポーの心はふわりと大地から浮き上がるように歓喜した。

　ポーがロイスター邸の客間でソファーに座るエルマイラの肖像画（スケッチ）を描いたのはその婚約の記念であろうか。なぜなら、翌一八二六年二月、ポーはリッチモンドを去り、シャーロッツヴィルにあるヴァジーニア大学への入学が決まっていたから、二人は一時の別離を余儀なくされていたからである。二人はこの婚約を秘密にしていた。ポーがヴァジーニア大学の学業を終えた頃、いつの日かエルマイラはポー夫人になることを決意していた。二人は一時の別離を惜しむかのように幾度も逢う瀬を楽しんだ。星の降る夜に二人は愛の口づけを交した。やさしく、そして、ある時は激しく……。

シャーロッツヴィルへ

召使ジム＝ヒルが御者を務める四輪馬車はシャーロッツヴィルに向かった。その日は二月一四日、聖ヴァレンタイン・デーである。アラン夫人がポーの付添人として大学に向かった。

大統領の任期を終えたジェファソンは、当時アメリカ哲学協会会長を勤めていた。彼は政治家として活躍しただけではなく、政治思想家、建築家、科学者としても顕著な業績を残していたから、ヴァジーニア州から偉大な学者を養成したいと思い、一八二五年に、ヴァジーニア大学を創設して自ら総長に就任した。そればかりか、ジェファソンは民主主義を理想とする国家の基礎をこの大学に求めたのである。ドイツの学制と同じく学課目の自由選択、学生の自主的研究活動によって真の人材を育成しようとしたことは、保守的伝統主義を重視するハーヴァード大学やイェール大学と大いに異なっていた。

シャーロッツヴィルはジェファソンの生誕地シャドウェルの西七マイル、しかもモンテセロの邸宅から北三マイルにある盆地であるが、付近の鋸山から流れるリヴァナ川が美しい景観をつくり出している。

ポーとアラン夫人の馬車がシャーロッツヴィルに到着したのは二月十四日である。そして、アラン夫人との別れを惜しみながらも、想いはリッチモンドに残したエルマイラに走った。ポーは秘かにエルマイラ宛の恋文《ラブレター》を用意しており、これをジム＝ヒルに手渡し、エルマイラに届けるよう依頼していた。

同じ年の一月二日、ポーが愛するバイロンはアナベルと結婚していた。愛——そこには常に裏切りという悪魔が背後に隠蔽されているものである。

四　ヴァジーニア大学時代

十三号室の「笑わず殿下」　ヴァジーニア大学の第二学期が始まったのは二月一日であるが、ポーは十三日も遅い入学である。当時の大学は身分と経済的裏付けさえあれば誰でも入学許可を受けることができた。新設大学であるから一人でも多くの学生の入学を待ち望んでいたのである。この年の入学者総数は一七七名、ポーは一三六番目の入学者だった。ポーが選択した科目は古典語からはギリシア語とラテン語（担当ジョージ＝ロング）、近代語からはフランス語、ドイツ語、イタリア語、スペイン語（担当ジョージ＝ブレッターマン）などであり、この他、古代地理、美文学、修辞字を受講した。ポーはこうした外国語から多くの知識を得たばかりか、古典文学と近代文学に親しみ、ポー自身が文学者への道を開眼していった。ラテン・ギリシア語ではウェルギリウス、ツキディデス、ユウエナリウス、ホメーロス、ヘシオドスを学び、近代文学では主にドイツ・ロマン派のシュレーゲル、ノヴァーリス、ティーク、ホフマン、ゲーテ、シラーを読んだらしい。しかし、ポーはドイツ・ロマン派よりも、ギリシア語、ラテン語、フランス語の方が優秀であったという。当然のことながら、入学した学生のすべてが頭脳明晰にして学力優秀であろう筈はなく、ポーはそれでも上位の成績を収め、図書館にも足繁く通う熱心な学生だった。図書館から借り出したシャル

ヴァジーニア大学

ル＝ロランの『古代史』と『ローマ史』、ボルテールの『異常な物語』などがポーの興味を魅《ひ》いた。

学生寮から教室に通う毎日は何不足のない楽しいものであった。寮のルーム・メイトはマイルズ＝ジョージだったが、すぐに仲違いして他室へ移ったから、ポーは赤レンガ造りの一階の廊下を淋しく往還し、自室（十三号）に入りびたっていた。十三という数字はポーの運命を予言しているようであった。もともとは縁起のよい数字として、暦（太陰暦）では新しい始まりを表していたが、キリスト教では最後の晩餐に出席していた人の数から縁起の悪い数字となり、さらにこれは魔女が集会に参加する数であった。民間伝承では、ローマの占で「死、破壊、不幸」を意味しており、イングランドでもこの数字は「悪魔」を表していたから、ポーはますます憂愁と不吉に囚われていった。無口で微笑することはめったにない《笑わず殿下》となりはてたのは、十三号室に入ったことが原因しているわけではなかった。

その最大の原因は失恋である。ジム＝ヒルに手渡したエルマイラへの恋文の返事が、待てど暮せど梨の礫《つぶて》だった。ポーは遂に直接、エルマイラに手紙を書いた。しかし、エルマイラの父親ロイスターは、ポーからの手紙を破り棄てたのである。どこの馬の骨か判らぬ男にエルマイラを渡さぬ、子供たちの勝手な婚約などお笑い草とばかり、ロイスターは、アレグザンダー＝バーレット＝シェルトンという豪商の息子に嫁がせようとしていた。エルマイラはポーを非情な男と恨んだ。父親の悪行も知らずに。ポーはポーで、エルマイラが結婚したことを風の便りで知るや発狂せんばかりに苦しんでいた。(12) 十三号の不吉な室の中で、バイロンの詩を静かに朗唱しながら号泣し続けたのである。

失恋

美しき乙女よ、おさらばなり
おさらばなり、と悲嘆《かなしみ》の中にわれ叫ぶ
心は君のうちに彷徨《さまよい》し、永遠《とわ》の憂いよ
わが胸に　愛の情熱騒ぐとも。(13)

もちろんポーがバイロンの詩を繙いたのはこれだけではない。あの長編詩『チャイルド＝ハロルド』から孤絶の運命を学び、あるいは『マンフレッド』から知の寂寞の影を嘆いたであろう。
こうした空虚な日々は己の魂を茫失せしめたのであろうか。予習もせず授業に出席する日が続いた。しかし、予習してきた学生を尻目に授業は何なく片づけ、失意の悲しみを癒すために、ポーはあの美しい夕暮れの鋸山へ散策しながら、愛と死を考える。それはポーをますます想像力の世界へと走らせるのであったが、また廃墟と化していく病める魂を癒すためである。「夜はわれらが友なり、われらの指導者は絶望なり」（ウェルギリウス『アエネイス』）という箴言などポーは信じたくはなかったが、これはポーの生涯を象徴する一つの運命として働きかけることになる。

絶望の魔界にさまよう

エルマイラとの失恋と同時に、ポーには予想もしなかったことが起きた。それは義父アランの裏切りである。十分な学資を出すことを約束して入学した大学であったが、送金は遅れ、ポーは日常生活に困窮し始めていた。《リッチモンドの貴公子》は金持ちらしく振るまわねばならず、外見上は立派に装うという見栄も働き、小遣銭を得るために賭博に手を出し、加えて、一気飲みというアルコールの味をおぼえ始めたのだ。

何人かの友人の注意もきかず、アルコールの量は増え、精神は錯乱した。トランプ賭博（ルーやセブンナップ）では敗けが続き、授業はサボり、数か月で二千ドルの借金がたまった。入学時に古典語学科と近代語学科に支払った金が六十ドルであるから、二千ドルが如何に巨額かがわかる。また、高級の洋服を六十八ドルで購入し、その代金はアランに請求した。酒と賭博と無節制な買物、これはまさに放蕩生活のなにものでもなく、噂を聞いたアランが、突如、シャーロッツヴィルに現れた。

ポーは顔面蒼白となり、たくましい筋肉は力を失い、五フィート二インチの身長は背を丸めて四フィートに縮まった。

「エディ、本当のことを言えよ、お前は二千ドルも賭博で負けたのか?」アランは静かに質問した。

「はい。二千ドル以上借金があります」ポーはぼそぼそと答えた。すべて噂が嘘であって欲しいと思っていたアランは大声で激しく怒った。

「馬鹿者!」

ポーは大学生活をやめざるを得なかった。自分の部屋は十二月の寒い風で心も冷々としていた。机の破片を暖炉の中に投げて燃やし終えて十二月十五日、ポーは大学を去った。アランは生活費の借金は返済したが、賭博の負けは絶対に返済しなかった。

アランの家に連れ戻されたポーはエリス・アラン商会の会計の仕事をさせられていたのである。

五　陸軍への入隊と処女詩集の出版

陸軍への入隊

ヴァジーニア大学での放蕩によって、ポーはアランの信頼を完全に失ってしまった。一度失った信頼は二度と戻らない。これが人生の鉄則である。アランは激怒し、ポーは恨みを手紙に残して、衝動的に家出したが、行く目的《あて》もなく、安宿の「コート・ハウス・ターバン」に行き、あるいは「リチャードソン・ターバン」へと放浪した。困りはてたポーは、アランに衣類と書物の入ったトランクを送り帰して欲しいと頼み、さらに金銭（十二ドル）を無心したが返事はなかった。数日後、奴隷のダブが荷物とわずかな金を持ってきた。フランセスが亭主に内緒でダブを使いとしてよこしたのだった。

ポーはボストンに行く決心を固めていた。生まれ故郷ボストンは眷恋の地ではない。しかし、そこは文化の中心地であり、文学活動に夢と希望を与えてくれた。ポーは一八二七年三月二十四日、リッチモンドからノーフォーク経由の石炭船で、海路ボストンに向かった。その時、彼はアンリ＝ル＝ランネの偽名を用いた。なぜであろうか。アランとの一切の関係を断つためか、あるいはポーの名前それ自身と訣別するためかは不明である。ボストンに着いてから、乞食のような生活もできず、場末の芝居小屋で出演していたという噂もある。やはり役者の子は役者というべきだろうか。

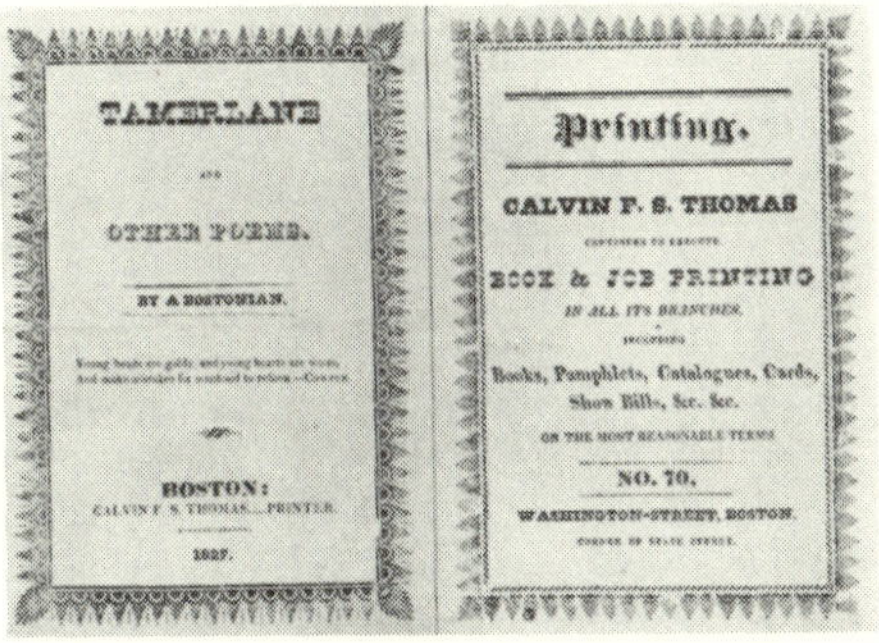

『タマレーンその他の詩』

ところが、一八二七年五月二十六日、ポーはアメリカ合衆国陸軍に正式に入隊した。そのときもエドガー＝A＝ペリー（二十二歳）という偽名を用いた。軍務についたのは生活の糧を得るためにすぎないから、激務ならいつでも逃亡できる自由と本名を汚すことの不名誉を恐れたのだろうか。ポーの配属はボストン港内の独立砦を受けもつ第一砲兵隊H中隊である。大体、兵隊に応募してくる男は無教養な人間が多い。その中にあってポーのような古典文学の教養を身につけ、幾つもの外国語に堪能な男が兵隊に応募してくるとは不自然である。加えて暇を見つけては詩作し、あるいは数年前に書いた自作の詩を愛唱したりした。愛唱すればするほど自己陶酔する気質のポーである。それをなんとか活字にしたいと思うのも、また人の常である。

処女詩集の出版

ポーがボストンに来たのは、自分が過去に書いた詩を活字にしてくれる印刷業者を見つけるためであった。そして、ポーはワシントン・スクエアに住むカルヴィン＝F＝S＝トマス（十九歳）と知己を得て、遂に処女詩集『タマレーン、その他の詩』を出版した。一八二七年の夏のことである。「タマレーン」を巻頭に十一編の短詩を収めた四十頁の小冊子（縦十六センチ、横十センチ）にはポーの著者名の代わりに「一ボストン人」とのみ印刷し、その下にイギリス詩人ウィリアム＝クーパーの詩句「若者たちは移り気にして／若者たちの心には真心がある／誤ちを犯しても男らしい人間とならん哉」と掲げたことは、ポーの当時の心情を伺わせるものがある。

この詩集の大半はポーが十四歳頃から、つまり一八二一年から二二年に書かれ、出版の目的《あて》はなく、世間知らずの少年が、ひたすら心情込めて書き上げたものであるとポーは序文で述べている。しかし、冒頭の「タマレーン」は十四、五歳の作品ではない。ミルトン、バイロン、ワーズワスの詩想を借用しながら、愛に渇望し、死を想う十八歳の少年の心情、それは明らかにエルマイラとの失恋から生まれる悲嘆と絶望が詩句の中に飛散する。内容はモンゴルの征服者ティムール大帝の若き日の野心と武勲伝である。武勲をたてて、故郷に錦を飾るべく帰国するが、そのとき、ティムールの若き恋人の姿はもはやなかった。恐らく、ポーは別離したエルマイラを想い続けたに違いない。遙かなるボストンの地で「タマレーン」を読みながら、暗い兵舎の中で一人さめざめと涙を流すのである。

「青春が死にかけている」

あざやかな黄金《こがね》のメイプルの葉が初冬の風に吹かれて路上に落ちはじめる頃、ポーの所属するH砲兵中隊は南カロライナ州ムールリ砦に移動した。一八二七年十月三十一日のことである。ボストンの秋は短く、あっと思う間に山の紅葉は消え、ボストン湾には北から疾風が襲いかかる。帆船ウォールタム号が南下してサリヴァン島(14)に上陸したのが十一月十八日、まだ暖かいこの島はポーの哀愁を忘れさせてくれた。島の褐色の砂浜に押し寄せる貝殻が南の太陽の光線に輝いて美しい。島に群生する珍しい植物にポーは心を魅かれていった。

そうしたことが、退屈な軍隊生活をなんとか持続させたばかりか、南国の熱情、生き生きとした緑なすヤシ科の植物、夜空に輝く星々の変幻、こうした大自然の不思議がポーの詩的想像力をますます駆りたてたのである。

しかし、こうした軍隊生活を一生過ごすわけにはいかない。ポーは一日も早く除隊したかったが、そのためには経済的自立の道をさぐらねばならない。アランに手紙を書いても、満期除隊（五年間であるから一八三三年五月まで）まで在勤せよという冷たい返事しかこなかった。

ポーの中隊は再び移動した。こんどはヴァジーニア州オールド・ポイント・カンフォートにあるモンロー要塞だった。ここに到着したのは一八二八年十二月十五日、そして翌年一月十日に特務曹長に昇進した。しかし、ポーは軍隊生活の中で、むざむざと青春が死んでいくのを嘆いていた。たった一度の青春がもう死にかけているのだ！　アランへの哀願、過去の反省を綴った手紙を送っても効果はなかった。悲しみが胸のそこから沸き上がってくる。

養母フランセスの死と除隊

二月二十八日、モンロー要塞に勤務中に自宅から電報がとどいた。「フランセス危篤スグカエレ。アラン」。ポーが許可を得てリッチモンドへ急行したのは、翌三月二日であった。ところがポーを実子の如く愛したフランセスは二十八日に死亡していた（養

ボルティモア（1829-30年）

母の葬式はポーの到着した日の昼に行われてしまった）。フランセスはショコウ・ヒルの墓地に葬られたが、ポーは三日に訪れ、暗い墓地の中で号泣しながら数時間忘我の状態であった。悲しみの風は悲しみを産み、憂愁の大風が心をかけ抜けていく。

妻の死がアランの頑固な態度を変えたのであろうか。ポーが久しく希望していたウェスト・ポイント陸軍士官学校への入学をアランは許可してくれた。四月に除隊したポーはアランから五十ドルを受取り、キャンベル中佐やリッチモンド出身のワース下院議員らの推薦状と入学願書を持って、ワシントンの陸軍省に赴いたのである。

五月の新緑はあざやかであった。ポーは希望に燃えていた。ところが、陸軍省に赴くと、すでに定員が一杯であるから、来年七月まで待機せよとの返事だった。持参した書類はひとまず提出したものの身の振り方がわからなかった。

石が闇の深海に沈んでいくようにポーの心は暗くなり、リッチモンドに帰る気分は起きなかった。ワシントンから北方四十マイルのボルティモアに行こうと思う。そこには祖父の《ポー将軍》の娘マライア＝クレム夫人が住んでいると耳にしていたからである。ポーの兄ウィリアム＝へンリーが引き取られていった家であるから、さぞかし裕福な生活をしているだろう。

兄との再会――「死の家」の陰鬱

そんなことを考えながら捜し当てた場所が、ウィルクス街[15]メカニックス・ロウという貧民窟であった。ポーは言葉を失う。玄関《ドア》を開けることすら心苦しかった。これが、あの過去の栄光をほしいままにしたポー将軍の家だろうか。将軍は一八一六年十月十七日に亡くなったから、はや十三年の歳月が流れているというのに、ポーはそこに預けられている兄ウィリアムとも再会していなかった。非情なる兄の存在を恨むよりも、むしろ、アラン家に引き取られて幸福な少年時代を過ごして、兄の存在を忘れていた自分にも責任はあったろう。一体、兄はどんな生活をしているのか、ポーの心は痛み続ける。

ドアを開けた。中から異様な臭気が襲いかかった。暗く薄汚れた部屋、音もなく《死の部屋》がそこにあった。この訪問がポーの生涯に深くかかわろうとは一体誰が予想したことか。人の運命は自らの行動によって決まるものである。

そこには、ポー将軍の妻、寡婦となったエリザベス、その娘マライア＝クレム、さらにマライアの息子ヘンリーと娘のヴァジーニア、そしてポーの実兄ウィリアムの五人が雑居していた。祖母の僅かな年金（二百四十ドル）と叔母のパートの仕事でかろうじて寝食を共にしていたのだ。

そうした時、ポーが訪れたのであるから歓迎される筈もない。人生のメランコリーは最低の生活さえ保障されないところから生まれる。この寂しい家の中には祖母エリザベス＝カーネスが麻痺患者として寝たきりだった（彼女は六年後七十九歳で死亡）。息子のヘンリーはアル中患者のような生活、実兄ウィリアム（二年後二十四歳で死亡）は肺結核で骸骨のように痩せていた。まさに陰鬱な《病気の家》に健康なポーが訪問したことで少しは明るい気分になり、クレム夫人は多忙の中をポーを温かく迎えた。しかし、ポーは内心この家にしばらく滞在したいという希望は捨て去って、ボルティモアに小さなアパートを捜す決心をした。

活字は踊る——詩集の出版　ワシントンへ赴く前、五月〜六月頃、ポーは『パトリック＝ヘンリー伝』を書いたウィリアム＝ワート（合衆国前法務長官）を訪ねようとしていた。彼はポーのヴァジーニア大学時代の法学部教授であり、かつ当時、ワートの文名が巷に聞こえ、自作の長詩「アル・アーラーフ」を読んでもらいたかったからである。しかしワートは詩に対する見識をもっていなかったから、フィラデルフィアの編集者ロバート＝ウォールシュに連絡し、面会するようにとのことであった。ポーはそれを実行し、リー・アンド・ケアリー社との出版契約までこぎつけたが、養父アランに依頼していた出版費用は送金されず、すべてが反古になった。

もう無一文になってしまったポーが、ようやくアランから五十ドル送金してもらったのが八月十九日、これで約三か月間喰いつなぐ決心でいた。その後、幸運なことに「アル・アーラーフ」の原稿は叔父ヘンリー＝ヘリング（ポーの叔母エリザベスの夫）がジョン＝ニール（『ヤンキー・アンド・リテラリー・ガゼット』の主筆）の知己であったことから、ニールに原稿が渡り、『ガゼット』

誌の「論説」欄（九月号）で好意的に紹介された。[16]
　未だ出版されない生原稿がコメントされることは例外なことであった。ポーの名前が活字の中で踊っていた。[17] さらに十二月、『ボルティモア・ガゼット・アンド・デイリー・アドヴァタイザー』誌が「アル・アーラーフ」の一部分を掲載し、同時にニールも自分の雑誌に一部分を掲載したことから世の注目を集め、遂にボルティモアのハッチ・アンド・ダニング社から十二月に『アル・アーラーフ、タマレーン、および小詩集』と題して出版された。七十一頁にのぼる青色の厚表紙オクターブ版（縦二十・五センチ、横十二・五センチ）である。「タマレーン」は二年前に出版された内容を大幅に変更し、今日、流布しているものの原型はこの詩集である。この詩集は「アル・アーラーフ」の他に十二の小詩を収録しているが、ロマンティックな青年の夢と空想が中心をなしている。なかでも「アル・アーラーフ」は、当時のポーの天文学への関心とともに愛と希望を奏でる青春の賛歌であった。

「アル・アーラーフ」天上への憧れ　この詩集のエピグラーフにはこう書かれている。

　「一つの星がチコ＝ブラーエによって発見された。それは突然出現し、瞬時、木星にまさる明るさになり、やがて光を失い、視界から消え去っていった」

　アル・アーラーフという名の星はデンマークの天文学者チコ＝ブラーエ（一五四六～一六〇一）が発見したものであるが、ポーはこの星における《大神の神殿》を空想しながら物語詩として書きあげたのである。

アル・アーラーフには美しい花が咲き乱れ、そこには人間も天使も生活する。この星の女王ネサケーが支配者として君臨しているが、他の世界にも神の光を分かち与えよとの命《めい》を受けて、侍女ライジーアと共に去っていった。この星に残されたアイアンシーとアンジェロの恋人たちは恋に夢中になって眠り続け、目覚めたとき、アル・アーラーフは逆さまに墜落して地球の近くへとやってきた。こうして夜は青ざめ、天は恋人たちから一切の希望を奪ったのである。

そこには若き日のポーの失恋への悲嘆がある。なお忘却の彼方からエルマイラとの恋の想い出が、ポーをアル・アーラーフへと運び去ったのであろう。天上への憧れは悲しさの払拭であろうか。

ポーの詩集の話題がボルティモアばかりか、リッチモンドにまで及んでいった。養父のジョン＝アランは、いままでポーに投げつけてきた非難の代わりに、その詩集を送れといってきたばかりか、二度と帰宅を許さぬとまで決意した気持ちがゆるんで、一八二九年十二月、ポーを迎えることにした。名声は鬼のような養父を打ち負かしたのである。しかし、心から父親として頼っていたポーにとって、故郷リッチモンドの土を踏むことは嬉しくもあり、また悲しい思い出でもあった。リッチモンドの冬は思いのほか冷たい風が吹き、青春がすでに死んでしまったことに気づかぬはずはなかったからである。

六　陸軍士官学校時代

養父との衝突と陸軍士官学校へ

一八三〇年に入って陸軍士官学校からの連絡で、三月三十一日に入学仮許可の通知（六月末入試予定）があった。ようやくポーにも希望が生まれた。その頃、妻を失ったアランには愛人エリザベス＝ウィリスがいた。この女性との間に一子までもうけていたが、実はフランセスの病死する以前からの交際であったことをポーは知っていた。エリザベスばかりではない。性欲の権化みたいなアランは、ニュージャージ州にもルイザ＝ゲイブリエル＝パタースン嬢という恋人をもっていた。ポーにとってこうした養父の生き方は淫乱としか写らない。恋は清純で、真面目なものでなくてはならぬ。「恋愛は人生の秘鑰《ひやく》なり」と北村透谷が喝破した如く、性欲とは異なる。ポーは本物の恋を求めていたのに、養父の態度は株式市場のようなものだった。こうしてアランとポーは激論し、遂に和解を許さぬ感情の火花が散った。アランは再びポーを嫌悪し、ポーはアランに失望した。しかし、アランは五月二十日頃[18]ウェスト・ポイントに向かうポーを、最後の見納めの積りでリッチモンドまで見送った。「二度と帰るな！」とアランは心に言い聞かせた。故郷リッチモンドを離れる気分は、ポーにとってチャイルド＝ハロルドである。「さらば、さらば、故郷《ふるさと》の岸辺は消えて、青い波間に嘆きの風が吹く。目から涙が落ち、わが家は二度と私を迎

ウェスト・ポイント陸軍士官学校

えてくれない。あゝ、さらば、さらば故郷よ!」。茜の夕陽は郷愁を誘い、蒸気船はボルティモアに向かった。ポーはクレム叔母に挨拶をすませ、さらに北上してフィラデルフィア、ニューヨークを経て、ハドソン河に面したウェスト・ポイントに到着したのが六月二十日だった。六月二十日から三十日の間に入学試験が行われたと思われる[19]。ポーは首尾よく合格した。毎年三百人も入学し半数が退学か、放校させられるほど教科は厳しく、軍事教練も並大抵のものではなかった。四年間の学業を終えれば陸軍士官として将来が約束されている。

　ポーは本当に陸軍士官を目指したのであろうか。無一文になった若者が、養父との折合いも悪く、他に生活の場を求めて、ウェスト・ポイントでの給金（年間三百三十六ドル）を目的《あて》にここまで放浪してきたとすれば甘い考えといわねばならぬ。六時起床、七時朝食、八時から二時ないし四時まで（昼食時を除く）学業、そして夕陽が落ちるまで教練が続く。学校の規則は三百四項目もある。トランプ遊び、飲酒、喫煙はもちろん禁止。

ウェスト・ポイントに来れば十分に時間があり、好きな文学作品を愛読できるものと信じていたのに、規則の中には「小説、詩、その他、学科目に関係なきものを部屋に持ち込むべからず」(百七十三条)。ポーは目を白黒させながら、詩的想像力が衰弱していくのを感じた。オリュンポスの詩人たちが現世《うつしよ》の神の心を歌ったように、ポーも青春をこのハドソン河に描き出そうと思ったのに、あゝ、その夢は壊れてしまった。ポーは軍務そのものを軽蔑するようになり、学業を放棄した。十月五日には養父アランがパタースン嬢と再婚したことを知った。(ポーには内緒であったが風の便りだった)

夜、自分の部屋に帰ると二人のルーム・メイトがいたが、口もきかず、詩作に熱中した。第三詩集の準備のためである。「ヘレンの君へ」を書きながら、亡きスタナード夫人を想えば、紙上に落ちた涙がにじむ。ある時はコーランを想い出し、自作の詩に「天使イズラフェルの心の琴線は琵琶《リュート》の音《ね》なるぞよ、はたまた、その甘美なる歌声は、なべて神のつくりしものぞ」とポーは引用し、自ら高唱するのであった。窓辺から夜の月が燦々と輝き、己が恋心を誘い、天上への恍惚は日ごとに募る。そうかと思えば、西方の海の彼方に《死神》が玉座を築くではないか。「イズラフェル」「宿命の都市[20]」と題をつけたポーは押し寄せる詩の霊感と格闘しながら、幸福な日々を満足していた。

ウェスト・ポイントを去る　陸軍士官学校を自ら退学する決意をしたポーは心も晴々としてアランにその旨を伝えた。ポーの心には「黒猫」の主人公のような「天邪鬼《あまのじゃく》」が、竹のように生えていた。それはアランが再婚したことによって、ポーが期待していた遺産相続の権利を失い、そのため、一八三一年一月三日アラン宛の手紙の最後の部分には、学業とウェスト・ポイントでの義務を怠るむねを通告したのである。

ポーの行為は軍法会議の議題となり、「義務怠慢による罪」と「命令に対する不服従の罪」により放校処分となった。数々の規則違反、学業の放棄はポーの認めるところであったが、いざ放校処分となると、明日の生活の糧を得る方便は全くなかった。

二月十九日は霙《みぞれ》降る厳冬の日であった。ポーは制服を脱ぎ、僅かばかりの身の回り品を持ってウエスト・ポイントに別れを告げた。数名の学友たちはポーの悲嘆を知ってか、義捐金を集めて、陸《お》地《か》から大きく両手を振りながら別れを惜しんでくれた。人の世に情はまだあった。人の世に救いの神はまだあった。オルバニーから下りてきた蒸気船ヘンリー・エックフォード号がハドソン河を下り、ニューヨーク、マンハッタン島の波止場に着いたのは翌日のことである。

それから三月中旬頃までニューヨークの安ホテルに滞在し、エラム・ブリス社を訪問した。このエラム＝ブリスはウェスト・ポイントに出入りする業者であり、ポーが士官候補生の時代に学業をさぼって詩や諷刺文を書く異才を発揮して評判をとっていたことから、ブリスはポーと逢い、詩集の出版を引き受けていた。第三詩集は「アル・アーラーフ」「タマレーン」などを含め、新詩は「ヘレンの君へ」「宿命の都市」「アイリーン」「ニース谿谷」「ピーアン」など数編にとどまり、それでも百二十四頁、印刷部数は二百五十部。しかし、ポーの詩はあまり好評ではなかった。

当時、名声をほしいままにしていたマサチューセッツ州の若き詩人ウィリアム＝カレン＝ブライアントにも遙かに及ばなかった。ポーは失望に墜ち、孤独にさいなまれながら、うたかたの旅を始めねばならない。世に生を受けていながら、わが道に茨は多い。よし、とポーは重大な決意を固め、「私はパリに赴き、ラファイエットを通じて、ロシアと戦うポーランドの陸軍に入隊します」とウエスト・ポイントの校長に手紙を書いた。七年前、ギリシア独立戦争に生命を擲ってメソロギオンで絶命したバイロンのことをポーは考えていたのかもしれぬ。

しかし、ポーが到着した場所はポーランドではなく、あの貧民街に住むボルティモアのマライア＝クレム夫人の家であった。

七　文壇への登場

ボルティモアのどん底生活　ポーは生来、軍人に向く人間ではなかった。ポーがウェスト・ポイント陸軍士官学校に入学したのは養父の心をやわらげ、父と子の縁を断ち切りたくはなかったからである。しかし、勉学と教練を甘く見ていたポーは芸術家肌の自己中心的考えの持主であったから、詩人として成功したい夢を捨て去ることができず、独断でウェスト・ポイントの生活を放擲したのだった。

いま再びボルティモアにやってきたポーは以前に訪れたクレム夫人一家を尋ねたものの、すでに全身不随の祖母と結核で全身蒼白の実兄、加えてアルコール中毒のヘンリー＝クレムがいた。まさに《死の館》そのものだった。元気なのは一家を支えるクレム夫人と快活な少女ヴァジーニアの二人で、この二人だけがポーとの再会を喜んでくれた。その笑顔がポーの運命を決めたのである。

ところがポーが、このような貧困の家に宿泊したのか、あるいは別の安宿を捜して自活したのか不詳であるが、リッチモンドに帰る気持ちはさらさらなく、ボルティモアで職を求めようとしていた。(21)しかし思うように仕事はなかった。当時のボルティモアはジャーナリズムが活発で七十二種類の定期刊行物が出版されていたから、ポーはボルティモアこそ自分の生活の場にしようと考えた。

ボルティモアの町並

八月一日、結核だった実兄ヘンリーが二十四歳で死亡して翌日第一長老教会の墓地に埋葬された。クレム一家の貧困状態からすれば、この死は悲しみよりも、救済であったろう。病死以外に当時ペストが流行し、疫病の蔓延に当局は打つ手がなかった。[22] 死体が街路に捨てられ、墓掘人が多忙をきわめた。凶兆、絶滅、死という文字が寒々とした大空に覆いかぶさり、ポーは金欠と恐怖の毎日だった。食糧を買う金もなく、アランに金の無心を行っても返事はこない。

一八三一年からは、やはりクレム叔母の家に同居しながら短編小説の執筆に力を入れて、フィラデルフィアの『サタディ・クアリア』誌の募集した百ドル懸賞短編小説に応募したが落選した。しかし、八月十三日、フィラデルフィアの『サタディ・イヴニング・ポスト』紙に詩「一つの夢」[23]が発表されたものの、これは新聞の「うめ草」にすぎなかった。ポーの名前はなく「P」のイニシャルだけだった。

短編小説家のスタート

こうして一八三二年は無為に時が過ぎて行ったが、ポーは絶望することなく短編を書き、それを『サタディ・クアリア』誌へ送り続けた結果、翌年同誌の一月十四日に「メッツェンガーシュタイン」[24]が採用された。「われ生きるときは疫病なりし。——死しては汝の死とならん」というマーティン＝ルターの言葉をエピグラーフに置き、メッツェンガーシュタイン家の男爵フレデリックの恐怖と苦悶の物語をポーは描き出した。さらに同誌の三月三日号に「オムレット公爵」、六月九日号に「エルサレムの物語」、十一月十日号に「決心させた喪失」（「息の喪失」と改題）、十二月一日号に「バーゲンの損失」（「ボンボン」の草稿）を発表した。若干の稿料は入ったかもしれないが、重要なことは、いよいよポーが創作活動にその第一歩を踏み出したということである。

　ポーの関心事は中世からローマ、ギリシアにまたがっていた。遠いペルーの国からパリを訪れたオムレット公爵が見た悪魔《サタン》の部屋の豪華さに驚嘆して「そうだラファエロもきっとこの部屋に入ったはずだ。」と叫んだり、「決心させた喪失」でギリシアの哲学者アナクサゴラスの主張する「雪は黒い」という逆説やイギリスの政治学者の言葉「眼に見えぬ物のみが唯一の実在である」を引用したり、イギリスの劇作家マーストンの喜劇『不平不満』の一句「死は好漢と申すべく、すべての客は歓待し——」によって死んだ自分の棺を叩きはずしたとか、ヒエロニムスの『貞節の誉れ』のように、ほんのわずかな息がもとで命を失ったというような博学傍証、ポーの才能が凡人のそれでないことが判然としてきた。こうしたポーの才能をいち早く見つけたのが『サタディ・ヴィジター』の編集者ランバート＝ウィルマーだった。[25]ポーは入念に推敲した原稿を送ったり、あるいは発表した短編集の出版にいよいよ意欲を燃やしていた。

一八三二年はこうして過ぎていったが、ポーが短編小説家の出発点に立ったという意味でこの年は忘れてはならないだろう。小説家に必要なことは学識や文章力だけではない。文学に対する熱烈なる崇拝と自信、霊力ともいうべき魂の活動、これがポー自身を動かしてやまなかったのである。こうした魂の活動は叔母クレム夫人の温かい激励によるところも大であった。身の不運はその温かい言葉によって払拭される。クレム一家は秋にあの貧民街ウィルクスを去りアミティ通りに引越した。もちろんポーも一緒だった。

闇を破る希望の光

一八三三年を迎えた。闇の中に希望の光がポーに輝くのではなく、自ら希望の光によって闇を破るのである。これが新年を迎えたポーの人生訓であった。こうした人生訓はギリシアの哲学者から学んだものであろうが、最近はシェイクスピアを読んでいたらしく、『サタディ・ヴィジター』誌二月二日号にシェイクスピアに関する短文「不可解な事《エニグマ》」を発表した。昨年発表した「決心させた喪失」の中でも、主人公の《私》は一人の男と論争し「かのブルータスよろしく口をつぐんで返事を待った」[26]り、あるいは「四獣一体」の中でダフネを祀る寺院の近くにある都アンティオキア・エピダフネに言及し、この都が三回の大地震によって破壊されたことに言及したあと「これは失礼、シェイクスピアが活躍するのは一六五〇年前後だということを私は忘れていた。」云々と突如語るのを見ても、ポーはシェイクスピアへの関心が少なくなかったのである。しかし、シェイクスピアは一六一六年に死亡しているからポーは記憶違いをしたのだろう。

こうして一八三三年はシェイクスピアから始まったが、四月二十日号の『サタディ・ヴィジター』誌に詩「セレナーデ」を発表し、これ以外は着々と短編小説集『フォーリオ・クラブ物語』と称する作品群を執筆していた。『サタディ・ヴィジター』誌はポーにとって唯一の発表の場であったが、他に機会を得る道が欲しく、五月四日、ボストンの『ニューイングランド雑誌』に「エピメインズ」（後に「四獣一体」と改題）を投稿、しかし返事はなかった。小さな失望はあっても二十四歳のポーにとって痛手ではなかった。『サタディ・ヴィジター』誌の五月十一日号に詩「――に」、翌週十八日号に詩「ファニー」を《タマレーン》という匿名で発表できたことでも救いである。

チャンス到来　懸賞に応募

ところが、同誌が六月十五日大々的に懸賞作品の募集を行ったのである。文壇に新風を期待し、最優秀作の短編小説に五十ドル、詩（百行以内）に二十五ドルの賞金をそれぞれ提供するという。そして、選者としてジョン＝P＝ケネディー氏、ジョン＝H＝B＝ラトロウブ氏、ジェイムズ＝H＝ミラー博士の三名が連記されていた。おそらく、全米のすべての愛読者の中で、この懸賞募集の記事を最初に喰い入るように読んだ者はポーであったに違いない。待ちに待ったチャンスが到来し、ポーはにんまりと微笑《えみ》を浮かべながら、部屋の窓から六月の青い大空を眺めていた。その大空の中に流れる白い雲が次第に《$50》のデザインを造り出している。ポーは忍を貴び、一字千金の兵法を考えていた。

原稿の締切日は十月一日。ポーはいままで書きためたものに加筆、訂正したり、また、新作の構想をねり、昼となく夜となく、まさに寝食を忘れ、無我夢中で書き続けた。ポーは古典的知識の援用と科学知識と人間の運命の意外性を巧みに表現しながら構成、つまり起承転結のプロセスの中で読者にある種の霊的感動（心霊的存在への知覚）を喚起させることに細心の注意を払ったのである。ポーの想像力の仕事は着々と進み、詩一編（「コロセウム」）と『フォーリオ・クラブ物語』と名づけた短編六点（「エピマネス」「名士の群れ《ライオナイズイング》」「妄想家」「シオペ」「メエルシュトレエムに呑まれて」「壜の中の手記」）を応募した。

最優秀短編賞受賞

十月一日が過ぎ、いよいよ選考会議を開く日が訪れた。十月七日の午後、西マルベリー通り十一番のH＝B＝ラトロウブ邸に三人の選考委員が集合し、居間のテーブルに三人が座った。テーブルの上には高級ワインと上等の葉巻タバコが置かれている。これから応募作品を片端から読む作業を始める。ラトロウブは三人のうち一番若輩だから、束になった原稿をほどき、そのすぐ横に屑カゴを置いて準備に入った。審査委員は百点にのぼる作品をずんずん読み始め、最後まで読む必要はなく、最初の二、三頁で、応募原稿が屑カゴにどんどん投げ込まれていく。二、三頁どころか二、三行で終わりのものもある。こんなくだらぬ作品を読むことに失望し、うんざりしながら中途で休息し、ワインや葉巻を口にする。もう大半の審査は終わり、一日が徒労に終わろうとしていた。入賞作品なし。ふとそこにもう一つ、大きな封筒が開き忘れたのがあ

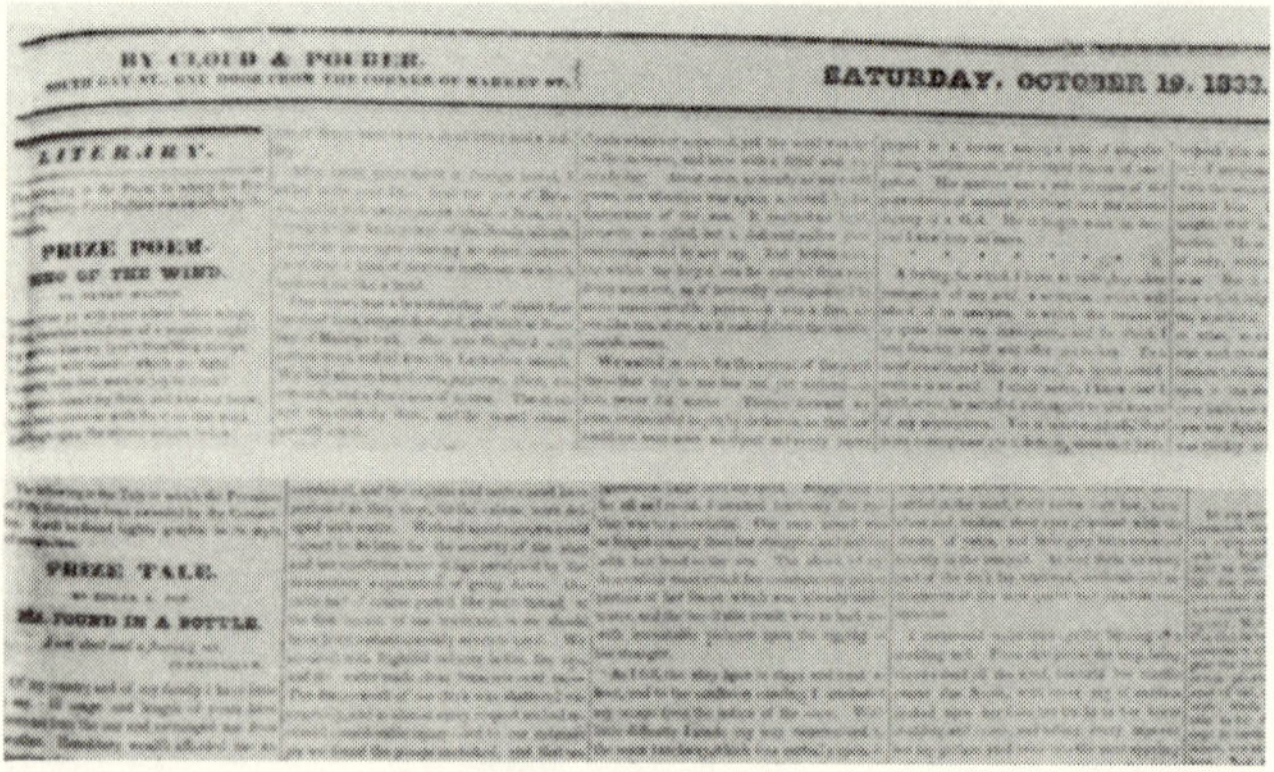
BY CLOUD & POUDER.

SATURDAY, OCTOBER 19, 1833.

LITERARY.

PRIZE POEM.

SONG OF THE WIND.

PRIZE TALE.

MS. FOUND IN A BOTTLE.

「壜の中の手記」掲載の『サタディ・ヴィジター』誌

り、中をあけると原稿が出てきた。あゝ、まだ読み残しがあったのか、とラトロウブは思う。ケネディーもミラーも放念した顔でワインを飲んでいる。しかしラトロウブはおやっと何かインスピレーションが沸いた。六つの作品を中途でやめるどころか、次の作品へと読み進むうち、もうやめることが出来ず、無我夢中になった。思わず「すばらしい！」「最高だ！」と叫んだ。他の審査委員も驚いた顔をしながら少しあとから読み始めると、同様に「すばらしい！」と叫んだ。天才のひらめきがあった。文法も正確。語句の用法も力強い。句読点も文句ない。陳腐な表現もない。不必要に飾りたてた想念もない。論理と想像力が合体して一貫性をうみ出して、非のうち所がない。複雑な事実関係に対する分析、正確な科学的知識、しかも古語の正しい用法……。審査員たちは両手をあげて当選作ときめた。「メエルシュトレエムに呑まれて」でもよかったが、「壜の中の手記」にきめた。駄作を読まされていただけに、審査を終えて快い感情が体内のすみずみに走り、一同はワインをうまそうに飲み、葉巻の煙を楽しそうに吹き出した[27]。

また詩「コロセウム」も最高にすばらしかった。印刷されたかのように美しい文字は詩人の誠実さの証明だ。これもポーの作品であった。審査員たちはポーが短編で受賞したので、詩の部門はヘンリー＝ウィルトンの「風の歌」がポーに劣らず美しく、一致してこれに決定した。ウィルトンとはペン・ネームだった。実は『サタディ・ヴィジター』の編集者の一人ジョン＝H＝ヒュウイットであることが後で判明した。

生涯の友人ケネディーとの出会い　一八三三年十月十二日、遂に選考結果が誌上に発表された。ポーは売店に走り寄って誌面を拡げた。《エドガー＝アラン＝ポー》の活字が大きく踊っていた。ポーは涙のこみ上がるのを感じた。ポーは作家としてようやく愁眉を開いたのである。

「壜の中の手記」は十月十九日号に、「コロセウム」は十月二十六日号に、それぞれ『サタディ・ヴィジター』誌に発表された。ボルティモア市を中心にポーの名は多少知られるようになったが、着用している黒い洋服はボロで、一見、乞食紳士のように見えた。眼は碧く澄んで美しかったが、その体軀は栄養不足で瘠せ細り、顔は苦悩と哀愁に溢れていた。だが喋る言葉はリズミカルな美しさである。賞金を受取り、その一部を食事代としてクレム叔母に手渡したであろうが、自分の洋服代にすることはなかった。

しかも、ポーにとって幸運なことは、審査員の一人ジョン＝P＝ケネディーと知己を得たことである。彼は当時、著名な政治家兼小説家として活躍していた。特にヴァジーニア植民地時代の生活の実態を描いた『燕の納屋』（一八三二）は当時よく読まれた。そして、ケネディーはポーのような才能ある人物には友情の証として助言と協力を惜しまなかった。ポーが希望していた短編集『フォーリオ・クラブ物語』の出版についてケアリ・アンド・リー社を推薦したのもケネデイーであった。結局、出版は失敗に終わったが、ケネディーは以後、経済的に、精神的にポーを支えた生涯の友人となったのである。希望を持ち続けること、これこそが最大の「財産」である。ポーは一人の愚者を友とするより、一人の知者を友として生きようと考えた。それは社会生活における「大きな鎖」であったからである。

養父の死とケネディーの援助　ポーは養父に自分の経済状態を訴える手紙を出したが、一八三三年末までに一度も返事はなかった。風の便りではアランが水腫症で病床にあるらしい。アランが再婚（一八二九年十月）して三人の子供が生まれ、はや四年の歳月が過ぎた。しかしアランはポーに一銭の遺産も残すことなく一八三四年三月二十七日霊界の鬼と化したのである。五十四歳。アランの遺産を多少はあてにしていたポーは失望していた。なぜなら未だ就職のめどもつかず、雑文から得た僅かな金では生活が不可能だったからだ。ポーは毎日のように外出し、寂しい街を歩き回るが、その姿は野良犬の如く、そして最後に行くつく所は寂しく暗い墓地であった。

ある日のこと、ジョン＝P＝ケネディーから晩餐会の招待状がとどいた。ボルティモア市の名士、貴顕が歓談するらしかった。しかしポーはそのような晴れやかな場所に出席する洋服など持っていなかったのである。ポーは丁重な断りの返事を書いた。

ジョン＝Ｐ＝ケネディー

「本日はご親切な晩餐会へのご招待、誠に有難うございます。しかし、お伺いできません。と申すのは恥ずかしいことに洋服があまりにも酷いものですから。こんなことを話さねばならぬ程、私はいま苦しんでおります。もし、あなたが私の真の友人で、二十ドルほどお借し下されば、明日、お伺い致したいと存じます。さもなくば、お伺いできないでしょう。私の運命に従うまでです。　敬具

一八三五年三月十五日　日曜日　Ｅ・Ａ・ポー」

ポーの手紙を受け取ったジョン＝Ｐ＝ケネディーは驚くばかりか、あんなすばらしい才能をもちながら、不幸な日々を過ごしていることに同情した。十六日の晩餐会には出席しなかったし、またケネディーが早速二十ドル貸したかどうかも不明であるが、以後わが弟の如くポーの面倒を見たのである。ポーに衣服を与えたばかりか、いつでも自由に自宅を訪ねるようにと通知し、そして就職先まで世話したのである。

憂愁のリッチモンドへ

七か月前の一八三四年八月、リッチモンドのトマス＝ウィリス＝ホワイトが創刊した『サザン・リテラリー・メッセンジャー』誌にポーを紹介したのもケネディーである。その結果、同誌の一八三五年三月号に「ベレニス」、四月号に「モレラ」、六月号に「名士の群れ」と「ハンス＝プファールの冒険」が発表された。当時、この雑誌の編集長はジェイムズ＝

E＝ヒースであった。しかも五〇〇部程度しか売れず、ヒースが無給で編集を担当していたというのは採算がとれないためだ。ポーの原稿料もケネディーを通して五ドルぐらい受け取っていたらしいが、この金も、ホワイトからではなく、ケネディーのポケット・マネーかもしれない。

ヒースは退職を申し出ていた。そのことをホワイトから知らされたケネディーは早速ポーを推薦、ホワイトも快くポーを主筆に迎えることにした。

ポーは随喜の涙を流しながらケネディーの親切に感謝した。それも推薦状に書いた通り、ポーを信頼していたからである。「筆が達者で不思議な物語を手がけ、非常に想像力に富み、古典的知識もあり、学者のような人物」(28)であるポーは久しぶりにリッチモンドの土を踏む決意をした。

リッチモンド――そこはポーにとって初恋の乙女エルマイラと出逢った場所。そこは養母フランセスの愛に包まれた懐かしい少年時代の想い出の一杯ある場所。そこは豊かな樹木と清冽なジェイムズ川とボルティモアに向かう蒸気船の波止場のある場所。ポーは少年にかえったように心がはずむ筈だったが、事実は憂愁の中に南へと下ったのである。それは七月七日に祖母エリザベスが七十九歳の生涯を閉じ、年金収入もなくなり、秘かに愛していたヴァジーニアが他家へ引き取られようとしていたからである。

八　『メッセンジャー』主筆時代

『メッセンジャー』に就職　ポーがリッチモンドに到着したのは八月の上旬と思われる。ひとまず実妹のロザリーが引き取られているマッケンジー家に立寄って挨拶をすませた。知能遅れのロザリーは二十五歳になっていたが、兄を見ても実兄かどうか識別できなかった。おそらく、ポーは一日か二日、ここに世話になったらしいが、予定していたプアー夫人の経営するバンク街の下宿に身を落ちつけたのは八月十四日頃と思われる。その頃、ポーの名は『サザン・リテラリー・メッセンジャー』誌（以下『メッセンジャー』誌と略す）に発表した短編がいくつかの雑誌でコメントされて比較的好評であり、その名も多少は知られつつあった。なかんずく七月号に発表された「ヴィジョナリー」（後に「約束ごと」と改題）は読者の関心を呼んでいた。[29]

十五日にポーは『メッセンジャー』誌の社長ホワイトと面会したが、すぐに本採用されることはなく、仮採用の形で編集の下働きをしていた。そうしたことはポーも事前に了承していたのであろう、リッチモンドに着くやリッチモンド・アカデミーに英語教師の職を求めて応募していた。結果的には年俸五百二十ドルで契約が決まり[30]、『メッセンジャー』誌の八月号に詩「コロセウム」、短編「ボン・ボン」、「誌上寸評と文芸情報」(Critical Notices and Literary Intelligence) などが掲

「メッセンジャー」ビル

載された。同時に「読者と寄稿者へ」と題された記事の中で、ポーが本誌の仕事に関係するようになったこと、ボルティモアの『サタディ・ヴィジター』誌で短編「壜の中の手記」が入選し、J＝P＝ケネディー、J＝H＝B＝ラトロウブ、J＝H＝ミラー三氏の署名入りの当時の発表記事、さらにポーが『フォーリオ・クラブ物語』（十六編）の出版に意欲的であることなどの紹介文が掲載された。それは『メッセンジャー』誌が一流の文芸雑誌を目指していることとの宣伝でもあった。

ヴァジニーアへの純愛

ところがポーはその頃、ひどい憂鬱症にかかっていた。リッチモンドに残してきた可憐な少女ヴァジーニアへの想いが募り、いまや妹であると同時に恋人、いや未来の妻を夢みていたからである。エルマイラとの失恋で酒をおぼえ、絶望の魔界に落ちて、はや九年の歳月が流れ、二度とあの苦痛を味わいたくはなかった。

あのアミィティ通りの家で過ごしたポーがあどけない少女に想いを寄せるとはクレム夫人さえ予想だにしなかった。しかも、祖母の死後は二百四十ドルの年金も入らず、クレム一家はヴァジーニ

ヴァジーニア

アの結婚など論外であった。それよりも、ジョゼフィーン＝クレム夫人の夫ニールスン＝ポー（ヴァジーニアの片親違いの姉の主人）が経済的援助を申し出ており、特にヴァジーニアを引き取って教育させたいという。クレム夫人は娘の幸福を考え、その積りでポーにヴァジーニアの件を断ったのである。クレム夫人の親族会議も同じ意見であった。しかしポーはヴァジーニアを熱愛していた。こうして、クレム夫人に反対されたままリッチモンドに到着して以来、《絶望の酒》がポーの精神を狂わせていった。

　八月二十九日、ポーはクレム夫人に長文の手紙を書き、ヴァジーニアには熱烈に、献身的愛情を注いでいること、新しい職場では月俸六十ドル約束してくれているから、自分がクレム夫人とヴァジーニアの生活を面倒みること、今後送金もすること、もし、自分の願いが聞き入れられなければ、そして彼女がニールスン＝ポーの所へ行くとすれば「私は死ぬでしょう」などと訴え、ポーの不安と恐怖と絶望的心情を書き送ったのである。悲惨な《絶望の酒》がポーをますます奈落の地獄へと突き落としていく。ポーは『悪霊』のスタヴローギンになっていた。

　この《絶望の酒》を飲み続けるポーの心情を『メッセンジャー』の経営者ホワイトは察知できず、アルコール中毒患者と確信したものの解雇せず、時を待ったが、ポーの方から仕事を捨てた。ポーは一生を棒に振ってもヴァジーニアへの純愛をわがものにすべく、何度も何度も、クレム夫人に訴え、遂に夫人はヴァジーニアと相談し、二人の結婚を了承した。ホワイトと不和になったポーは、九月二十一日リッチモンドを去ってボルティモアに向かい、翌二十二日、ボルティモアの郡裁判所はポー（二十六歳）とヴァジーニア＝イライザ＝クレム（十三歳一か月）との結婚許可を公布し、二人はジョーンズ牧師の立ち会いで「形式的な結婚式」をあげたらしい(31)。

ポーはホワイトに再就職を希望するむねの手紙を書いた。おそらく、いままで金の無心ばかりして義理を欠いていたジョン＝P＝ケネディーを訪れて詫び、再びホワイトのもとに帰りたいと思ったからだろう。ホワイトからも折り返し、激励の言葉とともに復帰を快く受け入れてくれた。ポーの才能を認め、ポーの編集能力に期待していたからである。

ポーは一足さきにリッチモンドに帰り、十月三日、クレム夫人とヴァジーニアがリッチモンドに引越し、ジェイムズ＝ヤリントン夫人の下宿に入居した。こうして三人は新生活に入ったのである。

主筆就任と「論壇時評」

『メッセンジャー』誌におけるポーの仕事は日を追うごとに目立ってきた。九月号に「息の喪失」「影」「ペスト王」の三編が発表され、文壇の評価も上昇した。そこでホワイトの信頼を得たのであろう、同誌の十二月号の冒頭に「社告」が掲載され「多くの人材の中からエドガー＝アラン＝ポー氏を選抜した」こと、ポーが「ユニークな独創的想像力の持主」であることを広告し、彼のもとで編集し、誌面が刷新されることを読者に知らせたのである。

一月三日、主筆に就任して、その責任を負わされたポーは、雑誌の販売数を現在の三百部以上にのばさねばならぬ。この雑誌の購読料は年間五ドルである。総売上げは千五百ドル、ポーの年俸五百二十ドルを引くと九百八十ドル。すると八十二ドルで一号（刷り上り、平均九十五ページ）の諸経費（原稿料と印刷費）をあげ、それに利益をださねばならない。当時、無名の投稿には原稿料は支払われなかった。ポーは以前に『サタディ・ヴィジター』誌から短編一本五ドル受領していたから如何にも安い。これは今日の日本の文芸誌の年間購読料（約七千五百円）に相当する。しかもポーは自作を発表しながら、多くの時間を投入し、さらに「論壇時評」(Critical Notices) 欄を開設して、文学のみならず、歴史・地理、宗教、社会学、科学、航海術その他いろいろな分野にコメントを加え、著作を紹介した。読者はポーの批評眼のすばらしさと、科学的知識に瞠目し、発行部数も五百部から三千五百部へと飛躍した。「論壇時評」に採り上げたものを、二、三紹介すると「ヴァジーニアの監督教会」（フランシス＝L＝ホークス著『アメリカ合衆国教会史への貢献――ヴァジーニアの場合』を紹介）、「骨相学」（L＝マイルズ夫人著『骨相学と骨相学の道徳的影響』を紹介）、「ジョージアの光景」（オーガスタス＝B＝ロングストリート著『ジョージアの光景』を紹介）などがある。

このような批評家としての才能を発揮したポーは一八三五年十二月号および翌年一月号に「未完のドラマの数幕」（「ポリシャン」計五幕）を発表した。ポーによる最初にして最後の詩劇作品である。これは一八二五年ケンタッキー州フランクフルトで起きた殺人事件にその素材を取っている。ソロモン＝P＝シャープという有名な弁護士が数年前に社交界で知り合った美女アン＝クックを誘惑して、色恋の火遊びをして捨ててしまった。孤独な生活に耐えていたアンは後にジェレボウム＝ボーシャンという青年を知り、求婚されるが、結婚の条件としてシャープを殺害することを申し出る。ボーシャンはそれに同意してシャープを殺害するが、逮捕され絞死刑に処せられ二十四歳の生涯を終えた。ポーは舞台を十六世紀のローマに移し、アン嬢をイタリア娘ラレージ、ボーシャンを怠惰なイギリス貴族ポリシャン伯爵、シャープを放蕩者カスチリオーネ伯爵に置き代えてはいる。しかし、ポリシャンとカスチリオーネが決闘しようとする寸前にドラマは終わるという未完の作品で、ケンタッキーの悲劇にはほど遠い内容である。ここには、現代的惨劇を十六世紀のローマに移すことで、ポーのヨーロッパ貴族社会への憧憬が垣間見られるのである。

文芸批評論の確立とポーの功績

一八三六年一月から主筆となったポーは「論壇時評」をこの雑誌の命運を賭ける《論説》にまで引き上げ、その熱烈な文章が好評を博しつつあった。そのため、ポー自身の作品は以前に書き終えた未発表もの、または既発表の詩を加筆、訂正して再掲載した。三月号に「エピメインズ」（後に「四獣一体」と改題）、スタナード夫人に捧げた「ヘレンの君へ」などである。

その頃の文壇を一瞥すると、『スケッチ・ブック』以後『旅人物語』（一八二四）、『コロムブス伝』（一八二八）、『アルハンブラ』（一八三二）などを発表してきたワシントン＝アーヴィングをポーはアメリカ文壇の巨匠として尊敬していた。詩人ウィリアム＝カレン＝ブライアントがニューヨークの『サタディ・イヴニング・ポスト』の編集者を兼ね、自然と死をテーマにうたい続けていたことは、ポーも文学的先輩として注目していた。この他、ジェームズ＝フェニモア＝クーパーは、『モヒカン族の最後』（一八二五）や『大草原』（一八二七）のナティー＝バンポー物語を一時中止して、世襲的貴族社会からの独立や封建的社会の欠陥を描いた『首長』（一八三二）を発表し、ラルフ＝エマソンはコンコードのオールド・マンスで『自然論』に取り組み、ヘンリー＝H＝ロングフェローは二度目のヨーロッパに出掛けて未だ詩人としての名声を獲得しておらず、彼の友人ナサニエル＝ホーソーンは『ファンショー』（一八二八）以後、ようやく短編に筆を染め始めていた。

こうしたことからポーはニューヨークやニューイングランドの文学活動の推移に注目しながら「論壇時評」を担当し、ポーが最後に編集した一八三七年一月号などは『ブライアント詩集』第四版に十八頁、アーヴィングの『アストリア』に十頁という長文の紹介文を書いた。ポーの文章はすでに紹介の域を越えた詩論であり、小説論である。ポーは今日の『ニューヨーク書評』誌や『ニューヨーク・タイムズ・ブック・レヴュー』誌に見られるような批評の方法をすでに確立していたのであり、『メッセンジャー』誌をアメリカ文壇の天空に輝くハーレイ彗星（一八三六年十月出現）の如き存在にした功績は見逃すことができない。三六年に出版されたエマソンの『自然論』やウィリアム＝チャニングの『奴隷制廃止論者』などをポーが無視したことは、これらの著作が未だ一般読者の目にとどいていなかったことを示している。

ヴァジーニアとの結婚　このようにポーの仕事が順調であったことから、一八三五年ヴァジーニアとの結婚許可証を取得していたポーは、こんどは正式に公衆の前での結婚式を挙行するため、いよいよ結婚契約書をはじめてリッチモンド市のハスティング裁判所に提出し、一八三六年五月十六日、ポーと知事トマス＝W＝クリーランドの二人がヴァジーニア＝E＝クレムとの結婚契約書にサインした。その際、ヴァジーニアが「満二十一歳である」と宣誓供述書に、もともと印刷されていたのにポーもクリーランドもそのことは無視したのである。正確にはヴァジーニア十三歳九か月、ポー二十七歳四か月であった。結婚式は長老派教会の牧師アマーサ＝コンヴァースによって下宿先のヤリントン夫人の家で夕方から行われた。コンヴァース牧師は子供のような容姿のヴァジーニアに疑問を抱いたが不問にしていた。出席者はT＝W＝ホワイトとその娘イライザ、トマス＝W＝クリーランド知事夫妻、W＝マックファレーン、ジョン＝W＝ファーガソン、ジェームズ＝ヤリントン夫人、マライア＝クレム夫人（母親）、ジェーン＝フォースターなど九名である。

晴れて結婚式を終えたポーとヴァジーニアはヴァジーニア州のピータースバーグへと新婚旅行に出掛けた。二十日付の新聞（『リッチモンド・ホイッグ』『リッチモンド・エンクワイア』『ノーフォーク・ヘラルド』）が二人の結婚を報道した。ポーは蕾のままの乙女を妻に迎え、夫として、また社会人として、ますます責任と義務を痛感するのであった。《立派な文学者になって、ヴァジーニアを幸福にすること》。ポーはそう心に誓った。（恐らく新聞で知ったのであろう。ポーの初恋の少女エルマイラ＝ロイスター＝シェルトン夫人は五月中にポー一家を訪ねたらしい。）

しかも、ポーは性欲を抑え、精神的純愛によって妻に献身することを余儀なくされた。十三歳の少女が結婚生活や出産についての知識を知る筈はなかった。ポーは最初から《純粋な愛》を彼女に献げたのであり、肉の喜びなど期待していなかった。プラトン的魂の躍動、精神的美の歓喜、ヴァジーニアは「天使としてのアフロディーテ」であった。とはいいながら、二十七歳の健康な肉体の青年であれば、性欲の悪魔に苦しめられて、その肉欲を自虐的に解放せねばならぬ苦しさを何回も味わい、その苦悶から、いままで禁じていた深酒へと自分を迷妄させることがあった。プラトン的愛《エロス》とは精神的純愛のみではなく、官能的愛を満足させ、新しい生命を誕生させるという創造的なものである。しかし、その真実な意味でのプラトン的愛をポーはヴァジーニアから得ることができず、また、彼女にその歓喜を与えることを罪と思い自己を鞭うつのである。そのことは二人の結婚生活の哀しさでもあったろう。

『メッセンジャー』を去る

『メッセンジャー』誌は相変わらず好評を博していた。五月号でもポーは「論壇時評」欄で健筆を振い[32]、詩「ソネット――科学に寄せて」や「アイリーン」（「眠れる美女」）などは以前に発表されたものであった。結婚後のポーが突如『メッセンジャー』誌に情熱を失い始めたのは、ポーが雑誌の売り上げを大幅に拡張したのに、それに見合う賃金の昇給をしてもらえなかったこと、ホワイトが編集上の問題に容喙《ようかい》し始めたからであるし、一方、ホワイト側からすれば、ポーの過度の飲酒は約束違反で不快の種となってきたのである。

その頃、クレム夫人は生活費を稼ぐために、ホワイトが購入した家を譲り受けて下宿屋を始めようと思い、ポーを通じてJ＝P＝ケネディーに百ドルの借金を申し込むが返事はなく、計画は失敗に終わった。ポーとホワイトとの不和は決定的となり、一八三七年一月三日、ポーは遂に編集長の仕事を辞める決意を固めたのである。

しかし、同誌とはケンカ別れをしたわけではなく、一月末まで編集の仕事に従事して円満退職したのである。ポーが主筆に就任してちょうど一年後のことであった。

放浪生活

ポーは強い感性の持主だった。それは一面文学的情熱と過剰な自信が交錯し、興奮しやすい性質のものであったから、トマス＝ホワイトのような支配欲の強い男とはウマが合わないのである。不満の解消のためにポーは酒にたよる癖が改まらず、知己・友人は離れていった。それでも恩人のケネディーだけはポーを終生、友人として扱ってくれたし、『メッセンジャー』誌を退職することに反対した。しかし、ポーは収入がゼロになっても、ひとたび嫌気がさすと、その人物とは水と油の関係になる。ポー一家はリッチモンドを去り、ボルティモアとフィラデルフィアに立寄ってニューヨークの寒風に身をさらすことになった。

ニューヨークに到着したのは二月末であり、人口三十万人の大都会は、リッチモンドの二万人に比すべくもなく、騒音と怒りの日々がポー一家の生活を苦しめた。マンハッタン六番街は貧民たちのアパートが軒をなし、そこから『ニューヨーク評論』の出版社を訪ねた。前もってフランシス＝

L＝ホークスに編集の仕事を依頼しておいたが、不採用となり、たちまち生活に窮し始めたが、出版業を営むJ＝ハーパーが長編小説を仕上げることをすすめてくれた。『メッセンジャー』時代のポーの業績を知っていたからである。そこで、ポーは『メッセンジャー』誌に二度掲載した「アーサー・ゴードン・ピムの物語」の完成に全力を尽くした結果、六月にハーパー・アンド・ブラザーズ社がこの作品の版権を買い上げてくれた。このニュースは『ニッカボカー』誌にも報道されていたが、この作品は結局、翌年七月三十日に出版された。

ポー一家は六番街のアパートからカーミ通りに引越し、クレム夫人が下宿屋を経営して生活費を助けることになった。

そして三月三十日、ニューヨークの書籍商が著名な文学者や芸術家を招いて交遊のパーティーを開催したとき、ポーも招かれた。そこに出席した者は、ポーが尊敬してやまないワシントン＝アーヴィング、ウィリアム＝カレン＝ブライアント、ジェイムズ＝K＝ポールディングなどであり、こうした大先輩を拝眉《はいび》したことで、ポー自身も文学への情熱をかりたてたが、下宿屋の収入では生活を支えることができず、一八三八年に入ると一家は夏頃にフィラデルフィアに引越した。平家の落武者のようであった。

《この世の囚人》

ポーにはニューヨーク時代のような無職無収の生活は許されなかった。ヴァジーニアは八月十五日に十六歳の誕生日を迎えたというのに、新しい洋服も買ってやれない自分の非力をポーは嘆いた。

加えて七月に出版された『アーサー・ゴードン・ピムの物語』が不評であった。この作品はベンジャミン＝モレルの『四たびにわたる南太平洋および太平洋航海記、一八二二―一八三一年』（一八三二）と、ジェレマイア＝N＝レノルズが一八三六年に下院で行った演説を下敷にして、航海のの恐怖をなまなましく、ポー一流の想像力によって仕上げたものである。アメリカで不評であったものの、イギリスのワイリー・アンド・パトナム社からも出版された。ウィリアム＝E＝バートンの『ジェントルマンズ・マガジーン』は、ポーの体験談と信じ込んで書評したのである。想像力が現実のエピソードを凌駕した作品であり、ポーの作品群ではユニークな、かつ唯一の長編小説であった。そして、アメリカの雑誌・新聞の二十誌以上が「ピムの物語」にコメントを加えたことから問題作であったのだろう。

それにしてもポー一家の生活は奈落の底へと一直線に墜落していくようであった。ポーは《この世の四人》のように生きる覚悟であった。ポーの魂は燃え上がる前に灰燼となるのであろうか。若くして、はやくもポーの容姿は老人のように見え始めたのである。老人ならまだよい。死の影が全身に浮かび上がっていたのだ。

九　フィラデルフィア時代

大都会の遊牧民

フィラデルフィアは人口二十二万、ニューヨークに次いで全米第二の大都会である。インデペンデンス・ホールから《自由》の勝鬨がきこえ、緑の小道と赤レンガ造りの建物が平和な佇《たたずまい》を物語っていた。一家の主人としてポーは憂愁に囚われ、いま地図を見ながらアーチ通りにあるパーカー夫人の家を捜し出した。そこは三人の仮の宿である。仮の宿であれば移らねばならぬ。こうしてようやく見つけたコウツ通りの三階建の家も数か月で追い出された。理由は不明だが家賃のトラブルであろうか。秋には十六番通りの家にまた引越した。まさに放浪者の生活、大都会の《遊牧民》さながらの身分になりさがり、足を雑誌社に向けて原稿の売り込みにポーは血まなこになっていた。明日買うパンの金のことを想いつつ、ポーは自作の面白さを編集者に説いたが色よい返事はついになかった。

蕭然と肩を落としながらポーはフェアマント公園のベンチに腰をおろし、晩夏の落日の太陽をうつろに眺めているとき、背後から声がする。

「エディ、エディじゃないか?」

エディというのはエドガーの愛称である。かなり親しい相手でなければこう気安く名前を呼ばな

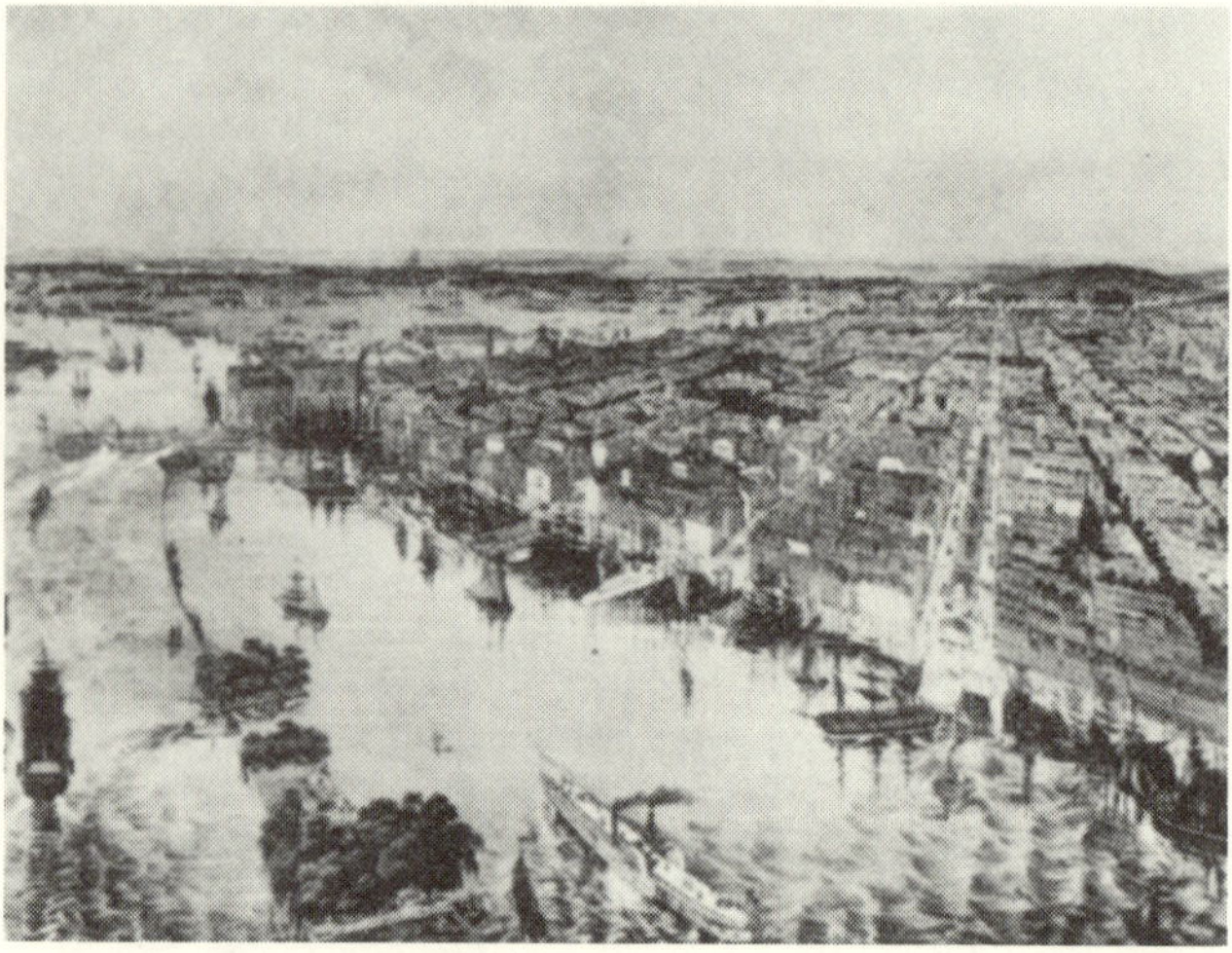

フィラデルフィア（1840年）

い。男の声はボルティモア時代の友人ネーサン＝C＝ブルックスだった。ブルックスによると近く文芸雑誌『アメリカン・ミュージアム』を創刊するから、是非ポーにも原稿を寄せろという。何たる偶然！　水魚の親！　ポーは踊る心で帰宅し、書きためた短編を推敲してブルックスに送った。その原稿のエピグラーフには次のように書いた。

《さて、ここに永劫不滅の意志がある。一体誰が、その生気あふれる意志の神秘を知り得ようぞ？　さればこそ、神とはその自然の理法によって万物に浸透する崇高な意志の謂である。人は己の意志薄弱さに押し流されぬ限りは、天使にも、死にも完全に屈服することはない》（ジョウゼフ＝グランヴィル）

ポーはこのイギリスの神学者グランヴィル（一六三六～八〇）の言葉を信じ、「永劫不滅の意志」を身につけようとしていた。そして、霊魂が前世に存在したことを確信するグランヴィルの信念を作品化したのが、有名な「ライジーア」である。ポーはこの作品によって十ドルを手にすることができた。

「ライジーア」が『アメリカン・ミュージアム』の九月号に発表されて以降、同じ雑誌の十一月号に「プシューケ・ゼノービア」「時代の大鎌」[33]を発表した。「ピムの物語」が好評で各誌が依然としてコメントを発表している頃であり、ポーの名声は文壇の語り草となり、『ニューヨーク・ミラー』誌（十二月号）ではアイザック＝ディズレーリの作品に匹敵すると讃《たた》えていた。

しかし名声だけでは生活苦を解決できない。トマス＝ワイアット教授が『貝類学入門』を出版するにあたり、ポーは五十ドルの援助を受けて、同書に「はしがき」と「序文」を寄稿することにした[34]。

こうして急場を凌ぎ、一八三九年から『アメリカン・ミュージアム』に「文芸短信」を連載したり、四月号に詩「魔の宮殿」を発表しているうちにウィリアム＝エヴァンズ＝バートンという喜劇俳優が二年前（一八三七年）に出していた雑誌『ジェントルマンズ・マガジーン』の編集を依頼されることになった。週給十ドルである。

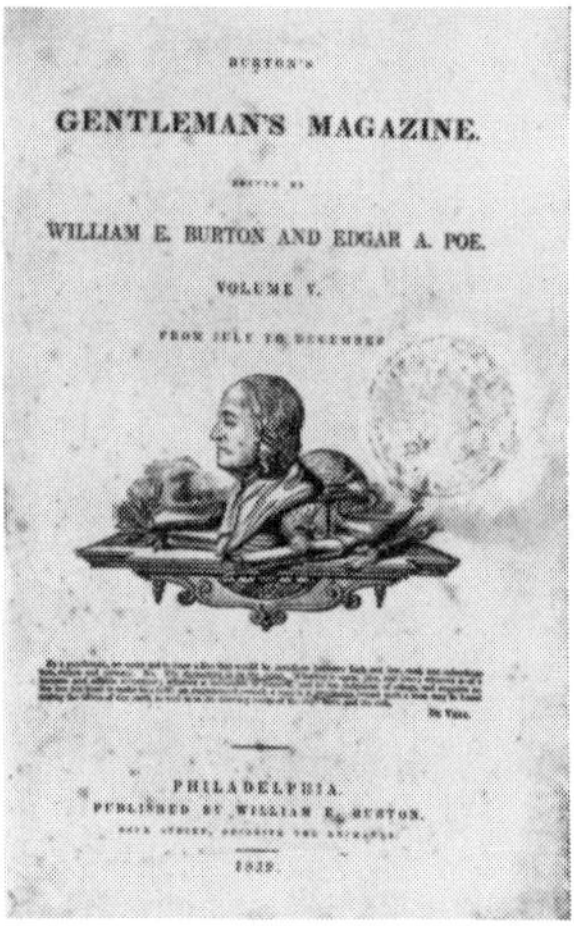

『ジェントルマンズ・マガジーン』

短編集の出版とその反響

ここにようやく生活の安定を見たポーはこの雑誌に詩や短編を発表するが、特に九月号に発表した「アッシャー館の墜落」の構成の完璧さによって絶讃され、そして翌一八四〇年版の贈呈用詩文集『ギフト』のために寄せた「ウィリアム・ウィルソン」も十月号に発表された。編集のかたわらポーには、二つの野心が若葉の如く芽を出し始めていた。一つは自分の雑誌を出すこと、彼は誌名を『ペン・マガジーン』と名付け、それをジャンピング・ステップにしようと考えていた。もう一つは短編集の出版である。

前者の方は計画が挫折したが、短編集はリー・アンド・ブランチャード社から印税なしの条件で、九月に二巻本として出版された。(しかし一八四〇年の出版と印刷されている)

この二巻本は二十五編の短編から成るポーの自信作で『グロテスクでアラベスクな物語』とつけられた。第一巻には「モレラ」「名士の群《ライオナイズィング》」「ウィリアム・ウィルソン」「使い切った男」「アッシャー館の墜落」「オムレット公爵」「壜の中の手記」「ボン・ボン」「影」「鐘楼の悪魔」「ライジーア」「ペスト王」「ゼノービア嬢」「時代の大鎌」の計十四編。第二巻には「エピマネス」「シオペ」(35)「ハンス・プファアルの無類の冒険」「エルサレムの物語」「フォン・ユング」「息の喪失」「メッツエンガーシュタイン」「ベレニス」「なぜ小柄なフランス人は手をつり包帯でつるのか」「妄想家」「エイロスとカルミオンとの対話」の十一編。

ポーはこの短編集を友人知己に贈呈し、他の文芸誌の反響を期待した。『サタディ・イヴニング・ポスト』(十月号)では「ドイツ的霊魂の浸透とメタフィジカルな文体が燃えるように輝いている」と評価し、『ノース・アメリカン』(十月号)でもドイツ神秘主義の模倣をやめ、放縦な思考より、ひびきのよい、誇張のない英語を使ってもらいたい」と注文を出していたが『アメリカ』誌のジョン゠J゠ケアリーはポーの才能を認め、『サンデー・クーリア』のエズラ゠ホールデンはプロットにおける想像力、表現力における空想的面白さを評価し、こうしたことはポーがコールリッジの作品と比較し得る資質があると述べ、作品中「ウィリアム・ウィルソン」と「アッシャー館の墜落」が傑作だという。その他、非常に多くの雑誌が書評として扱ったが、賛否両論の渦を巻き起こしていた。

個人的にポーに手紙を出した者もあり、フィリップ゠P゠コックは「エイロスとカルミオンの対話」を最高傑作と評していた。しかし、ポーが最も喜んだのは、文壇の大御所的存在であるワシントン゠アーヴィングからの好意的返事である。「ウィリアム・ウィルソン」を讃え、「アッシャー館の墜落」にはスタイルの工夫が必要だと助言してくれた。(36) しかし、ポーが文学の主題にしていた「心霊的存在への知覚」に言及したものは一人もいなかった。

新雑誌『グレアムズ』の躍進

だが、ポーの喜びも家庭にあって一瞬のうちに霧散していった。若妻ヴァジーニアが僅か十六歳というのに顔面が蒼白に変化していったからだ。あとから判明したことだが、彼女は肺結核に患っていたのである。

一八三九年は編集者の仕事に加え、自分の短編集の出版に熱中し、愛妻を十分に構うこともできなかったことをポーは自ら恨んだ。愛しきヴァジーニアよ、ご堪忍下されよ、ポーは心の中でそう

ウィリアム＝バートン

ジョージ＝R＝グレアム

思っていた。妻としての役割を果たすことさえできぬヴァジーニアは《人形の家》に満足していたわけではなかったろう。

『ジェントルマンズ・マガジーン』での仕事は熱が入らなかった。でも十月号ではロングフェローの『ヒューペリオン』（一八三九）を「おびただしい知性にあふれた作品」と絶讃して当時の文壇に鋭い感性を示していた。

しかし、ポーはバートンという男が文学的情熱もなく、利潤ばかりを追求するのを不快に思うようになった。原稿料の支払い問題をはじめ、意見の不一致が目立ち、腹いせに飲酒に走るようになったポーはバートンとの訣別を秘かに考えていたし、バートンも雑誌経営に興味を失っていた。ポーは五月号に「家具の哲学」を掲載し、六月にバートンと手を切り、バートンは十月に弁護士ジョージ＝レックス＝グレアムに三千五百ドルで自分の雑誌を譲渡してしまった。

グレアムは当時雑誌の事業にも熱中しており『アトキンソンズ・キャスケット』という雑誌（購読者千五百）を出版していた。これにバートンの購読者三千五百を加えて五千部の発行部数を目論み、さらにバートンの推薦に従ってポーを編集委員に抜擢した[37]。こうして『グレアムズ・マガジーン』（以下『グレアムズ』と略す）が十一月に創刊され、ポーは「群衆の人」を発表、翌一八四一年には「モルグ街の殺人」（四月号）、「メエルシュトレエムに呑まれて」（五月号）、「週に三度の日曜日」（十一月号）の短編の他、数々の評論を発表した。そればかりか、誌面に多彩な寄稿者を登場させ、一年半後には約三万七千部近く売れたというからアメリカにおける最大の発行部数を誇っていたのである。

　こうした発行部数の驚異的拡大は編集者の手腕による所大であるが、ポーの短編に対する魅力も少なくなかった。パリのモルグ街で起きたレスパネー夫人母娘殺しと犯人オラン‐ウータンを発見するデュパンの推理力、またノルウェーのロフォデンの漁夫が大渦巻から生還するという自然の力学、こうした二つの力、つまり知力と自然の力学はポーにとって《霊魂》の問題であり、たんに恐怖を読者に伝えようとしたのではなかった。

　時代はドイツ神秘主義の波がアメリカに押し寄せていたし、ゲーテ、ティーク、シャミソー、シュレーゲル兄弟、シラー、ハイネらが英訳され、エマソンその他、多くの知識人らに影響しつつあった。ポーはこうしたドイツ神秘主義の影響を受けてはいなかったが、ポーの作品の内奥に揺曳《ようえい》している不滅なる《霊魂》の浸透と蘇生は当時の読者に不気味さと共に世俗的な関心の的となっていたのだろう。特に「モルグ街の殺人」は非常に評判になったが、新聞や雑誌ではこれを「評論」と見做《みな》してコメントを加えていたのである。

順調な日々と
ヴァジーニアの喀血

ポーは雑誌の編集と執筆に熱中していた。『グレアムズ』の読者の中心は、フィラデルフィア市とその周辺、そしてニューヨーク地域までがその限界

ロングフェロー

であった。これをニューイングランドまで読者を拡大させようとポーは考え、そのために、詩集『夜の声』で名声を博しているロングフェローに寄稿を求めようと五月三日に手紙を書いた。ところが五月十九日付の返書であっさりと断わられてしまった。しかし手紙の後半では「あなたのペンから生まれたものを私は読み、あなたの高尚なアイデアの力には感服しております。あなたはわが国における第一級の小説家《ロマンス・ライター》となるお方です。それがあなたの目的でありましようが……。」と絶讃し、ポーを激励したのである。ポーは涙を流さんばかりに喜んだ。人は誰でも批判されたり、軽蔑されることを好まない。激励と賞讃が友情を育み、それはまたその人の資質を高める力となるのである。その意味でロングフェローは偉大な人格の持主であった。しかも、一度は原稿を断ったロングフェローは、一八四二年一月号に「人生の酒杯」を、三月号にはハイネ論の原稿を寄せたし、ローウェルも詩を寄せてくれた。

　こうして一八四一年から四二年にかけてポーは多忙な日々を順調に切り抜け、コウツ街にある自宅には、しばしば来客もあり、客人の歌声が楽しく聞こえてきたという。数年前の《遊牧民》のような生活がウソのようであった。ポーの仕事が順風にあるとき、家庭内に突如として不幸が襲ってきたのである。来客のために、ピアノの伴奏にあわせて歌をうたっていたヴァジーニアが、突如喀血してその場に倒れた。口から鮮血があふれ出て胸元に流れ出てきた。ポーは狂乱の声をはりあげてヴァジーニアを抱き上げて寝室に運んだ。窓の外は寒風が吹き荒れ、真暗な夜の空からは雪が降り始めていた。不吉な想いが脳裡を走るのを感じながらポーの精神は錯乱していた。《死》、《ヴァジーニアの死が……》。ポーは神経過敏な男だったから、この愛しい若妻をもし失ったとすれば、絶望の世界を通り越して自ら失神するのではないかと思った。酒だけが精神の錯乱を救う唯一の方法であるかのように、再び飲み始める寂しい夜が続くのである。

こうした妻の不幸にもめげず、ポーは原稿書きの仕事をやめるわけにはいかない。強靭な精神力が文学的才能を育むこと、それはこの世の常である。ポーは一見して神経質な性格であるが、それは繊細で、もの事に集中する一種の偏執癖にすぎない。家庭内の不幸から、いまは文筆によって解放されたいという欲望に取り憑かれていたのだ。

ディケンズと面会

酒と文筆の日々を送るとき、『オリヴァー・トゥイスト』で名声を馳せていたチャールズ＝ディケンズが妻を伴って一月二十二日ボストンに到着、続いてニューヨーク、フィラデルフィア、ワシントンへ下る予定だった。ポーはそのニュースを知って面会を申し込もうと思ったのである。

三月五日、夕刻にディケンズ夫妻はフィラデルフィアのユナイテッド・ステート・ホテルに到着。その日か六日にポーは手紙を添えて『グロテスクでアラベスクな物語』とディケンズの近作『バーナビー・ラッジ』に関する長文の覚え書（一八四一年五月『サタデイ・イブニング・ポスト』に掲載し

ディケンズ

たものと『グレアムズ』二月号の二点）を送って、丁重に面会を申し込んでおいた。すると三月六日付の手紙でポーと面会してもよいという返事があった。恐らく翌七日の十一時半～十二時にポーはホテルに出向き、ディケンズと親しく面会することができたと思われる。二人の話題はアメリカ詩に集中し、ポーはエマソンの詩「ハンブルビーに」を朗読し親交を深めたのである。その後、ディケンズは『グレアムズ』誌への寄稿を約束し、さらにポーの求めに応じて『グロテスクでアラベスクな物語』のイギリスでの出版に努力すると好意的な返事をしてくれた。ポーは感激し、天に昇るような気分でディケンズと固い握手をし「ご無事な旅をお楽しみ下さい」と別れの挨拶をしてホテルから出てきた。ディケンズは九日の朝ワシントンへ向けて去って行った。

ポーは充実した一日を過ごした。万一『グロテスクでアラベスクな物語』がイギリスで出版されれば自分の将来に光が差すと信じていた。とにかく、ポーは愛妻の病気の回復に全力をあげること、そのためには経済的安定を最優先して、コウツ街の小さな家で耐え、クレム夫人に心を配り、紳士的に振るまい、どんな逆境にも勇気ある言動を実践していた。それでも年収は約八百ドルであったから、一流大学の教授の年収二千ドル～二千三百ドルには遙かに及ばなかった。そのため家計簿も自らつけて、家庭の経済的破綻を救う努力を惜しまなかった。自ら家計簿をつけるといっても月給はそのままクレム夫人に渡し、一家の幸福と安定を得ることが喜びであった。

『グレアムズ』との訣別

ディケンズが去ったあとヴァジーニアに対する不安が脳裡から去らない。その後、フランセス＝オズグッド夫人が寄稿者に加わった。恐らくポーが三年後に「Fに――」「バレンタイン」「フランセス＝S＝オズグッド夫人に」という詩を書いたのはヴァジーニアでは満たすことのできない彼女への淡い恋情からであったろう。それはともかく、空想だにしてはならぬヴァジーニアの《死》が雲霞の如く頭の中を占めることで不安と絶望に襲われながら「死の中の生」（四月号、後に「楕円形の肖像」に改題）、「赤死病の仮面」（五月号に発表）を書き続けていた。

しかし、無断で編集室を空けたことのなかったポーは妻の病と自分の未来の雑誌『ペン・マガジーン』に気を取られて休むことが多くなった。四月のある日、編集室に来ると自分の椅子にルーファス＝グリスウォールドが席《すわ》っていたのである。グリスウォールドは牧師であったが、この四月に『アメリカの詩人たちと詩』を出版して好評を博していた。この中にポーの詩を入れたいという希望をもっていたグリスウォールドがポーに面会を申し入れたのが昨年の春であり、その結果「古代《コロ》円形《セウム》闘技場」「魔の宮殿」「眠る美女」の三詩が収められることになった。そのグリスウォールドが突如グレアムの信任を受けて編集長の職を奪った。やむなくポーは五月号までの編集を勧めて『グレアムズ』と訣別した。以前ポーが依頼したロングフェローの「バラードその他の詩」（四月号）とホーソーンの「陳腐な話」（四～五月号）を掲載できたことは『グレアムズ』の名声を一層高

スプリング・ガーデンの家

めたばかりか、この文芸誌がアメリカ文学史上輝かしい足跡を残すことになったのである。

六月になるとスプリング・ガーデンの田舎家（ブランデーワイン小路）に引越した。庭には花が咲き、大きな梨の木が荒《すさ》ぶ心を静めてくれる。ここは愛妻の健康のためにもよいとポーは考えていた。付近の公園や河畔にヴァジーニアを散歩に連れ出すこともあったが、ポー自身もしばしば憂愁に囚われることもあった。憂愁が神経を痛め始め、遂に神経衰弱にかかった。ポー夫妻は人生の終焉へ向けて驀進していく。そんなとき、ポーは若き頃に失敗した酒に再び手を出すことで神経を緩和しようとしていた。酒と麻薬。この二つはポーが憂鬱病から抜け出す唯一の《良薬》へと変わっていた。

生活苦と「黄金虫」の成功

こうした苦難の日常生活の中でポーの執筆活動は生活のために続けられた。十五年前のサリバン島の要塞に勤務していた時代を想い出すかのように「黄金虫」（『ダラー・ニューズペーパー』に一八四三年六月二十一日～二十八日連載）、「庭園」（『レディース・カンパニオン』一八四二年十月号）、「マリー・ロジェの謎」（同誌、十二月号）、「告げ口心臓」（『パイオニア』一八四三年一月号）、「陥穽と振子」（『ギフト』一月号）を発表するがポーの原稿料収入では一家を賄うには不可能である。

一八四三年は悲惨な年だった。ポーは友人・知己に借金を申し込むがことごとく断られ、この世を呪いながら、夢遊病者のように呪い声を出して街を歩き廻り、狂態を演じ、天を仰いで祈るように両手をあげた。家族への自責の念に襲われたポーの盲目的祈りであった。こうした苦難の中で、ようやく、ジェームズ＝ローウェルが十ドル送金してくれた。

六月の初旬であろうか。ふと見かけた『ダラー・ニューズペーパー』紙が懸賞小説を募集していることを知り、昨年書いておいた「黄金虫」を早速応募した。すると審査委員たちの絶讃を受けて入選が決まり、ポーはやっと百ドルを手にすることが出来た。夕闇迫る頃、ポーはドル紙幣を無造作に握りしめながら食糧品店に走り、パンとバターを買って家路を急いだ。しかし百ドルは数か月の生活費にすぎなかったから、八月には再び貧困のどん底に落ちていった。居間を下宿人に貸し、家族は屋根裏に住むことにした。

「黄金虫」は好評に迎えられ、ポーの名はようやく多くの読者を獲得したようにみえた。その結果『サタディ・イヴニング・ポスト』が「黒猫」を二十ドルで買い上げてくれた。そして窮地から脱出するためにポーは九月に『散文物語集』(*Prose Romance*)と題して短編小説のシリーズ第一集（「モルグ街の殺人」「使いきった男」）を出版するが不評。しかし十一月二十一日夕刻、ウィリアム＝ウァート文芸協会でアメリカ詩についての講演を行い、その内容の見事さはロンドンにまで伝わった(38)。また『グレアムズ』（十二月号）にロングフェローの『スペインの学生』の書評を書いて四十ドルの収入を得たのみで一八四三年は過ぎていった。

ニューヨークへ

一八四四年一月、ポーは久し振りにボルティモアを訪れ、昨年十一月に好評裡に迎えられた講演「アメリカ詩」を一月三十一日の夜、オッド・フェローズ・ホールで行った（入場料五十セント）。さらにポーはボストンでも講演をしようと思いローウェルにその可能性を打診したが不首尾に終わったものの、フィラデルフィアの西五十マイルの所にあるリーディングで三月十二日に講演した。講演料は不明だが、平均五十ドル～百ドルの間であり、入場者の数に比例する。リーディングでの講演は大成功を収め、大観衆の大拍手が再三にわたって会場に渦のように鳴り響いたのである。(39)

ここ数か月間ポーは二、三の都会を講演して歩いたが作品を書いてなかったわけではなく、「鋸山奇談」（『ガディズ・レイディーズ・ブック』三月号）、「眼鏡」（『ダラー・ニューズペーパー』三月二十七日号）を発表していた。しかし、ポーはもうフィラデルフィアに見切りをつける決心をしていた。

そして四月六日、ポーとヴァジーニアはクレム夫人を残して一足先にニューヨークに旅立って行った。フィラデルフィアで生活した六年間はポーにとって文学的名声を確立した重要な期間であったが、ポーはすべての蔵書を売り払い、もう一度、裸一貫でニューヨークで再起を計ろうとした。汽車は悲嘆の汽笛を遠くに残し、車中のヴァジーニアの肉体は刻々と衰弱するばかりだった。

二人がニュージャージー州のパース・アムボーイから蒸気船でマンハッタンのグリニッジ通り一

三〇番地の安下宿に到着したときは激しい、冷たい雨が降り続いていた。ポーの持参したカバンの中には未発表の原稿「催眠術の啓示」「軽気球夢譚」「早まった埋葬」「お前が犯人だ」「不条理の天使」などが収められていた。これらの作品はニューヨークで売り込もうと思っていた。フィラデルフィアを出発するとき持っていた十一ドルの現金は、わずか四ドル五十セントになっていたのである。

十　ニューヨーク時代

大都会に夢を賭ける　ポーにとってニューヨークは七年前の挫折を想起させる大都会であった。それでもポーは過去の苦渋を乗り越え、成功の夢を追い求める美しい野心が胸中に燃えていたのだろう。リッチモンドからニューヨークへ、そしてフィラデルフィアへ、そしてまたニューヨークへ。ポーの精神と肉体の旅は一か所に留まることを知らないアメリカ人特有のものであった。一つの雑誌社に二年と腰をすえることができなかったのは短気と怠惰のためではない。その正反対の情熱と夢に取り憑かれ、しかも編集者としての能力に加え、詩人・小説家・批評家として抜群であったから、ポーは甘ったれた気分で職場を変えたわけではなかった。能力と自信があればこそ、全身を家族に捧げつつ、己が文学的情熱を傾け、夢を求めようとしたからである。

三十五歳になってポーは自分の実力を一番よく知っていた。しかし世間がそのポーの才能を認めても、文学者に対する金銭的評価（原稿料）は少なかった。ポーの場合の原稿料（小説）は刷り上がり一ページ五セントであったから生活苦から逃れることはできない。それを百も承知でポーは再びニューヨークで成功への夢を賭けたのである。しかし愁いの雲が天井にかかっていても、傷みつける寂寞のこころをふるいたたせねばならなかった。

ニューヨーク時代のポー

安下宿屋の女主人は三階の裏向きの一部屋（月七ドル）をポー夫妻に貸すことにした。古ぼけて薄汚れてはいたが、定職のないポーはここで耐えねばならぬ。しかし、下宿屋の女主人は話し好きの老婆で、とても親切だった。到着した日の夕食に出された料理を見たときのポーの驚きは、近年にない感激を与えたのである。その内容をポーはクレム夫人に報告した。

「叔母さまが飲んだこともないような上等の紅茶は濃くて熱く、しかも小麦のパンにライ麦のパン、チーズにケーキ（上等なもの）、すばらしい上質のハム料理（二皿）、山盛りした仔牛の冷やした肉が二盛りと大きな薄切りの肉、ケーキ三皿、食べ物にあふれています。ここにいれば飢える心配も全くありません。（中略）朝食にすばらしい香りの熱くて濃いコーヒーに少々のクリーム、仔牛のカツレツ、上等のハムと鶏卵、バター付のパン、こんな沢山のすばらしい朝食をいままで食べたことはありません。叔母さまに鶏卵や肉料理を見せてさしあげたい気持ちです。私は小さな家を出てからはじめて朝食を腹一杯食べました。シス（妻の愛称）も喜んでおります（略）」[40]

このように食事の内容をポーは夢中で書いている。そのことは、ポーの過去の生活や食事が如何に貧しかったか、そして、自ら腹一杯にしたことの満足感と同時に愛妻ヴァジーニアの喜ぶ様子を久し振りに見たことはポーの心を慰めてくれた。ここの下宿には八人か十人の下宿人（内二、三名は婦人）がいたが、夜になるとヴァジーニアが淋しさのあまり、激しく泣き出す始末だった。夫への信頼よりも、母親による愛情を生甲斐にしているヴァジーニアであったから、ポーはフィラデルフィアで後始末の終わり次第クレム夫人と愛猫のカテリーナを一日も早く呼び寄せる積りだった。

《夢譚》の大ヒットとエルマイラの消息　そのために先だつものは金である。数日後にポーは「軽気球夢譚」の原稿をニューヨーク『サン』紙に持ち込むとすぐに買い上げてくれた。新聞社側にもポーの〈夢譚〉を〈実話〉であるかの印象を読者に植えつけて大センセーションを巻き起こそうという魂胆があったからである。四月十三日号『サン』紙の一般紙には「ノーフォーク経由チャールストン発　非公開の驚くべき至急情報――大西洋を三日間で横断！　マンク＝メイソン氏の発明した操舵気球、サリヴァン島に到着！」という派手な見出しをつけ、さらに『サン』紙は号外を発行し、そこでの見出しはさらにセンセーショナルに扱った。読者は競うようにして新聞を買い求め、ポーのフィクションを新聞社側がまんまと利益に結び付けたのである。

大空を飛行することは人類の夢であったから、ポーのフィクションとしての《夢譚》は大ヒットとなり、『サン』新聞社から得た原稿料によってポーは下宿屋の二部屋を借り、数週間後にクレム夫人と愛猫カテリーナをニューヨークに呼び寄せることができた。しかし、この二部屋はクレム夫人と妻のヴァジーニアが使用し、ポーはアン通り四番にあるウィリアム＝フォースター夫人の家に仕事部屋を借りた。そこは現在のシティー・ホール公園の南に位置しているからグリーニッジの下

ニューヨーク（ブロードウェイ・84番通り付近）の家

宿屋から歩いて三十分程の場所にある。
　こうして仕事に集中できる環境をつくり出したポーは以前から『グレアムズ』誌が求めていた自分の「批評的伝記」の執筆をジェイムズ＝R＝ローウェルに依頼したり、自分もいままで書きためた作品のうち詩「夢の国」（『グレアムズ』六月号）、「早すぎた埋葬」（『ダラー・ニューズペーパー』七月三十一日号）、「催眠術の啓示」（『コロムビア・マガジーン』八月号）などを発表し、多忙な日を過ごしていたが、その間にポーの知らぬ一つの悲しい事件がリッチモンドで発生していた。
　ポーの初恋の女性エルマイラ＝ロイスターの亭主アレグザンダー＝B＝シェルトンが三十七歳の若さで病死したのである。エルマイラに残された遺産は不動産を加え十万ドルといわれている。ポーと同年の三十五歳で未亡人となるとは女の哀れな宿命だったのだろうか。いや、それ以上に重要なことは、もしポーがエルマイラと結婚していたらポーの運命はどのように変わっていたであろうか。否、結婚できなかったが故にポーは、その過ぎ去りし日々の悲しい亡霊をひきずりながら作品の中に虚《むな》しい《愛》を求め続けることができたのかもしれない。しかもエルマイラが未亡人となったことで五年後のポーの運命が、その死の悲しさが疾風のように押し寄せてくるとは、ポー自身も予想しなかったのである。シェルトン氏の死報が即座にポーの耳に入ったかどうかはわからない。しかし、この年にポーがエルマイラへの想いを歌ったとおもわれる「大鴉」に着想したことは、ニューヨークとリッチモンド間に心霊的存在への知覚が働いたとしか言いようがないのである。

生きることの希望を

初恋の思い出は己の老いに反比例して自分の魂を美しくさせるものである。ましてヴァジーニアが病身であれば、一体自分の人生とは何であったのかと思うのは人の情であろう。しかし、ヴァジーニアの病状は回復するどころか死への階段を登るように衰弱していく。だからこそポーは妻を愛しく思い、せめて残された人生に生きることの希望を与えようとした。

現在の下宿屋は暑さで体力を消耗させるばかりだ。そこで引越しを決意した。市内から北へ五、六マイル郊外は建物も少なく涼しい風が吹いていて、病人の散歩には好適地である。そこは現在のブロードウェイと八十四番通り付近、セントラル・パークの中央から左手にあたる。もちろん、当時はセントラル・パークは存在しないから、一望千里、見渡せる田畑がここにあった。幸運にもポーがこの付近を散歩中に高台に二階建のパトリック＝ブレナンの家を見つけたのである。ハドソン河の美しい流れが見え、周辺には緑の野菜や果実、そして、なによりも新鮮な空気がヴァジーニアのためによいと思った。交渉の結果、ポーはヴァジーニアとクレム夫人を連れて引越し、ポーはブレナン家の大きな暖炉つきの部屋を書斎として使用した。ここが「大鴉」の舞台と幻想的に類似するランプの光の流れる場所である。ポーは未定稿の「大鴉」の一部分をブレナン家の長女マーサ（十四歳）に朗読しながら、十九年前、秘かに婚約したエルマイラのことを想い出すとき「ネヴァーモア」という心霊の囁き声が背後に聞こえる。

理想的なインテリ

九月に入ると一八四五年度用の『ギフト』が出版され、そこにポーの「盗まれた手紙」が収録されていた。

九月二十七日、ジェイムズ＝R＝ローウェルは以前からポーに依頼されていた「ポーの批評的伝記」を完成してポーに送った。これは一八四五年二月号の『グレアムズ』に発表されたが、ポーの天才を特徴づけているものは、その「精密な分析力」と「豊かな想像力」であると断言している。

その手紙は九月末日頃にとどき、ポーを勇気づけるものであった。同じ頃、クレム夫人がポーの就職先を求めて、週刊文芸誌『ニュー・ミラー』のナサニエル＝P＝ウィリスを訪ね、ポーが病で倒れ、ヴァジーニアも病身のため、この使いを引き受けた事を告げた。クレム夫人は美しく、気品があり、悲しそうな声でポ

N＝P＝ウィリス

ーの就職を懇願する姿は「まさにこの世の天使」だったとウィリスは思った。ウィリスはポーに同情し、即座にポーを拡張計画中の週刊誌『イヴニング・ミラー』の助手（雑誌記者）に週給十五ドルで採用した（十月七日付）。

ポーが『イヴニング・ミラー』誌に採用されたことが十月十日付の誌面に報じられると、忽ち読者からの反応があり、文芸批評家としてのポーは「辛辣な酷評《ナスティー・トマホーク》をするとはいえ、アメリカにおける最もすばらしい理想的なインテリ」であり大歓迎、という投書さえ舞い込んだ。ポーに思い切った仕事の場を与えよ、という熱烈な手紙から察すればニューヨークには、ポーに期待するファンも少なくなかったのである。しかし、誌面に登場した文芸批評は無署名であった。ひとまず定職が決まったことからブレナン家から再び家族を市街に呼び戻し、「大鴉」の推敲に全力をあげるかたわら、フィラデルフィアの『デモクラティック・レヴュー』その他に「マルジナリア」を連載し始めた。これはポーのアメリカ観をはじめ芸術、宗教、哲学、歴史観を知るうえで貴重な文献となったのである。

文壇での活躍

こうして一八四四年は矢の如く過ぎ去り、一八四五年を迎える。前年から情熱を傾けていた「大鴉」は完成し、まず自分の関係している『イヴニング・ミラー』（一月二十九日）にナサニエル＝P＝ウィリスの紹介文と共に発表された。さらに週刊誌版『ニューヨーク・ミラー』（二月八日）と『アメリカン・レヴュー』誌にも掲載され、その評判は草間を這うかのように喧伝され、他の数誌がリプリントし始めた。

「大鴉」が発表される前にポーはJ＝R＝ローウェルの『なつかしい詩人の対話集』に好意的批評を行ったが、ロングフェローの自詩の抜萃詩集『流浪の子』に対しては六歩格の詩人であると論評した。ところがロングフェローの支持者たちから非難の声があがった(41)。他人の心を傷つけることを好まないポーは意外の感にうたれた。ポーはロングフェローの格の不相応な使用が、むしろ詩の諧調を壊すことなしに半ば「散文詩」としての美しさを保っていることの長所を認めていたのであるが、読者はポーの真意を誤解したのだ。しかし、ポーは後に『マルジナリア』の中でも同じ弁明を行い、ロングフェローの序詩の中で「陽は落ちて、暗黒が夜の翼から迫ってくる。天空の鷲から翼の一枚が地上に落ちるように」とロングフェローは詩《うた》っているが、一枚の翼の比喩が不十分だと指摘している。

こうした文学的論争が巷の話題にのぼる頃、ジョン＝ビスコの経営する『ブロードウェイ・ジャーナル』(週刊誌)が創刊(一月四日)され、ポーも寄稿者の一人として関係するようになっていたことから、主筆のチャールズ＝F＝ブリグズに推められて『ブロードウェイ・ジャーナル』に職場を移した。同誌二月二十二日号にはポーとヘンリー＝C＝ワトソン(音楽部門担当)の入社発表があった。週給は不明だが『イヴニング・ミラー』の十五ドルより高いことは想像に難くない。この他、ポーは『イヴニング・ミラー』その他に寄稿して原稿料収入があることから、ポーの発表する歯に衣を着せない文芸時評によって文壇ではようやく注目される存在となり、二月二十八日の夕方、招かれてニューヨークの《ソサエテイ・ライブラリー》で「アメリカ詩人とアメリカ詩」と題して

F＝S＝オズグッド夫人

講演、市内の文学者やジャーナリストたち約三百人の男女が美しいポーの詩論に、ある者は感動し、ある者は不平をもらした。しかし、ポーの朗読したアメリカ詩には力とペーソスが満ち溢れ、聴衆を心から喜ばせた。この講演に対し多くの新聞や文芸誌がコメントを発表してポーを高く評価した。ポーが採り上げたブライアント、ハレック、ロングフェロー、シドニー夫人らのアメリカ詩人の中でポーから特に賞讃を受けた三十三歳の美しいフランセス＝S＝オズグッド夫人とは三月一日頃、文学サロンのアスター・ハウスで初対面したが、彼女の美貌と知的魅力はポーの心を捉えてしまった。ポーの黒い瞳は「感情と思想の電光でキラキラ輝き、彼の表情や態度には優しさと傲慢さが混合していた」。オズグッド夫人はポーの「不滅の信頼と友情」[42]を確信していたし、ヴァジーニアとのよき相談相手であったらしいが、ポーとの恋愛沙汰が噂にのぼると逃避するかのようにオールバニーに旅立ち、ポーの前から姿を消してしまった。その理由は明らかではないが、ポーが妻ある身であれば不愉快な噂にたえられなかったのであろうか。「大鴉」の良き理解者であった彼女はポーの清純な詩人気質に強く魅《ひ》かれていたと思われる。

国際的評価の高まり

相談相手を失ったヴァジーニアの病状は快方に向かうことはなく、せめては引越しすることで気分の転換をはかる以外にはない。そのため五月には市街の騒音を避けて、東ブロードウェイ百九十五番地へ引越し、さらに夏になると、ワシントン広場近くにあるアミティ通り八十五番の高級な下宿屋に移った。以前よりも心地よい部屋をヴァジーニアに与えることができたのも、ポーの仕事が順調だったからである。

以前に発表した短編や詩の改定稿がいくつかの雑誌で採用されたり、また自分の『ブロードウェイ・ジャーナル』に発表したり、五月末にはローウェル夫妻の訪問を受けた。以前にポーの略伝を書いたローウェルはポーより十歳若い二十六歳の青年であったが、ポーはこの青年をことのほか気に入っていた。六月になると無名の詩人リチャード＝H＝ストダードがポーを訪ねてくるなど、ポーの名声と共に訪問客がふえてきた。

六月二十五日、ワイリー・アンド・パトナム社がポーの第二作品集『物語集』（一冊五十セント）を出版、予想外の好成績（四か月で千五百部が売れた）で印税を手にすることができた。

七月一日にはニューヨーク市の知識人の団体「フィラマテアン・エウクレイデス協会」の年次大会でポーは自作の詩を朗読した。ポーの詩のみならず、その短編集がスコットランドのエジンバラ市の『テイツ・エジンバラ雑誌』をはじめ、ロンドンの『リテラリー・ガゼッティ』『批評家』誌でも好評裡に迎えられ、さらに、八月にパリの『ピトレスク』誌にはじめて「盗まれた手紙」が訳出され、十一月には『イギリス評論』に「黄金虫」が掲載され、翌年シャルル＝ボードレールの憂愁の魂を解放することになり、ここに、フランス象徴主義の誕生をみたのである。

文芸誌発行の夢実現

このようなポーの国際的評価が高まるにつれて、ポー自身は念願の雑誌の経営者になることの野心を持ち続けた結果、十月二十四日『ブロードウェイ・ジャーナル』のジョン＝ビスコと同誌の経営権移譲の契約を取りかわすことに成功した。権利金百五十ドル、二十四日に五十ドルのキャッシュ、残りの百ドルは三か月以内に支払うという約束手形にポーはサインした。ポーの借金を肩替りした者は『デイリー・トリビューン』の編集者ホーレス＝グリーリであった。ポーは宿願を果たし、同誌の十月三十日号の発行人欄《マストヘッド》には「編集者兼経営者エドガー＝アラン＝ポー」と大文字で飾ったのである。ポーは祝い酒を街角のバーで飲んだことだろう。ポーは『ブロードウェイ・ジャーナル』を《わがリュケイオン》[43]と呼び、今後の創作活動に自信を持ったのである。

ポーの自信に呼応するかのように十一月十九日『大鴉、その他の詩』が一冊三十一セントでワイリー・アンド・パトナム社から出版された。この詩集は「大鴉」をはじめ三十編が収められていたが、ポーの知名度に比べれば好成績を収めたとはいえなかった。ロンドンの文壇からも冷淡な扱いを受けた。「大鴉」が真に理解されるまでにはボードレールやマラルメの出現を待たざるを得なかったのである。

『ブロードウェイ・ジャーナル』の経営者となったポーは資金ぐりに苦労し、そのあげく、十二月三日、僅か一か月と九日で失意のうちにトマス＝H＝レインに売り渡さざるを得なかった。

この一年間に書評こそ多く書きまくったが、短編は「シェヘラザーデの千二夜物語」(『カディス・レイディース・ブック』二月号)、「ミイラとの論争」「力の言葉」(『アメリカン・レヴュー』四月号)、「天邪鬼《あまのじやく》」(『グレアムズ』六月号)、「タール博士とフェザー教授の療法」(同、十一月号)、「ヴァルドマアル氏の病症の真相」(『アメリカン・レヴュー』十二月号)の六編にすぎなかった。

多忙さと愛妻の不治の病にポーの心も鬱々となり、再びアルコールで憂さを解放するために酒場に足を運ぶようになった。陽は残酷にも闇に没し、明日は明日の風が吹くとは一体誰が約束するのか。わが身は絶望の地獄へと沈むような気分で家路への足は重たかった。

ヴァジーニアの病状の悪化　一八四六年は希望の破片が飛散していくような年であった。トマス＝レインは『ブロードウェイ・ジャーナル』の廃刊を広告した。

再びポーは貧困の生活を強いられ、ヴァジーニアの病は日ごとに悪化した。そのため初春には再びアミティ通りからタートル・ベイの閑静な下宿屋に移り、さらに五月頃にウェスト・ファームズと呼ばれる小村フォーダムに移った。市街地から北方十四マイル、現在のブロンクス区にあるが、当時は別荘が点在する避暑地であった。しかしポー一家は貧しい木造家屋をジョン＝バレンタインという持主から年百ドルで借用した。周辺は約一エーカーの緑の芝生があり桜の木の垣根とライラックの茂みがあった。桜の木は災いより身を守るという精神的な美しさの象徴であるが、ライラックは喪を表すことから、その白い花を家に持ち込むことを人々は嫌うのである。

温かい午後になると芝生の上でポーは愛妻に自分の原稿を読んでやった。漆黒の髪が風にゆらゆらと靡いて、その髪の下の顔は真珠のように真白だった。「彼女の真っ蒼な顔色、そして美しい瞳はキラキラと輝いていたが、その容姿はとてもこの世のものとは思われません。彼女は一糸まとわぬ精霊のように見え、やがて夭折することがはっきりわかりました」とポーを訪れたことのあるメアリー＝ゴウブ＝ニコルズ夫人は回想した。(44)

ヴァジーニアは一瞬たりとも夫と離れず、ポーの片腕に抱かれ、その息を吸い込む生活を望んでいた。ポーはそれを毎日実行したが、それでも仕事で市街に行かねばならなかったとき、ヴァジーニアは「ダーリン、ダーリン」と呼びながら、ポーの足を止めようとした。息をせき込み、胸は裂き切れ、心臓は止まる。そんなとき、ポーは愛妻に手紙を残して仕事に出るのだった。

「いとしいヴァジーニアへ

今夜、お前のそばにいないのは、約束していた人と逢わねばならないからです。お前はもっと希望を持ちなさい。お前はわたしのいとしい妻で、心から愛しています。報いのない人生にとってお前こそがわたしの最大の励みなのですから。明日の午後は帰ります。お前の美しいお祈りを愛の思い出の中で忘れることはありません。おやすみ。神さまがお前に安らかな夏をさずけますように。忠実なエドガーと共に。

一八四六年六月十二日　　エドガーより」

友情に拾われた生命のかけら

ポー自身も疲労から健康を害《そこ》ねていた。あまり家から外出せず、仕事の量もめっきり減った。四月には「大鴉」の成立と詩論を加味した論文「詩作の哲理」（『グレアムズ』）と五月にはニューヨークの作家を紹介した「ニューヨークの文学者たち」（『カディス・レイディース・ブック』）を書いたにすぎないが、昨年の十一月に出版された『大鴉、その他の詩』がようやく注目され始め、ヴァーモント大学の文学協会は、ポーを選んで八月の大学祭に招待することを決めた。しかしポーは病のため外出できない生活が続いていた。

闇の空に光はなく、ボタ雪が白い亡霊のように大地に降る十二月、ヴァジーニアは再び喀血し、藁の粗末なマットの上で横になり、軀の上にはポーの外套が掛けられていた。ポーの一家には毛布すらもなく、家具も、部屋を暖める薪すらもなかった。ヴァジーニアの軀を暖めていたものは一匹の琥珀色の猫であった。ポーもクレム夫人も食べるべき一枚のパンもなく、まるで死者のように倒れていたのである。

そのとき偶々、ニコルズ夫人が訪ねてきた。息も止まるほどの《死の家》を見て急ぎニューヨークに戻り、オズグッド夫人、メアリー＝ヒューイット夫人、マリー＝ルイーズ＝シュウ夫人、その他の知己にポーの惨状を知らせ、義捐金を募り、六十ドルと羽根蒲団、家具その他、必要なものをポー一家にとどけ、かろうじてポー一家の餓死、凍死を救済したのである。絶体絶命の状態にあったポー一家の生命のカケラを友情が拾ったのである。

ヒューイット夫人は募金に奔走し、シュウ夫人は医者の娘で看護婦であったことから捨身の看病に当たった。そして十二月十五日付ニューヨークの『モーニング・エクスプレス』をはじめ、数紙がポーの窮状を伝え、「ポー一家は耐えがたい運命に耐えております。願わくば、ポーの友人諸君よ、ポーの讃美者諸君よ、大至急、救助に赴かんことを」と訴えた。義捐金は百ドルに達し、ポーの讃美者たちは一家の回復を神に祈り続けたのである。

ヴァジーニアの死と絶望の地獄　一八四七年は残酷な年である。シュウ夫人やクレム夫人の看病もむなしく、一月三十日、ヴァジーニアは二十四歳五か月で天国へと旅立ったのだ。一階の小さな寝室は人形のように小さくなったヴァジーニアの遺骸にふさわしかった。小さなテーブルの上の一本の燭火が蒼白い顔に流れ、真珠の眼は二度と開くことはなかった。漆黒の髪をなでながらシュウ夫人が着なれたヴァジーニアの質素な洋服を身につけてやり、さらに白いシーツで亡骸《なきがら》をつつんで納棺した。ポーは寝室の片隅で号泣し、いつの日か、あの「ライジーア」のように霊魂の復活を信じながら棺を一晩中抱きしめていた。現実は小説よりも無残で悲しい。マダリインは棺から立ちあがり、ライジーアはロウィーナの中に復活したのに、ヴァジーニアはその霊魂《アニマ》の復活があるのだろうか。憂愁の時は流れるよ。今宵は闇の沈黙《しじま》も破れて、天界の風も悲嘆の泣き声に変わる。愛する者への愛が終わるとき、天地は滅び、己が魂も死滅する。人は皆、愛することから悲しみと憂いを生み出し、愛することをやめれば、悲しみも憂いも生まれないという。しかしポーは愛と憂いを抱きしめて純潔の妻を十一年間こよなく愛し続けて、処女の死骸をオランダ改革派古教会の墓地にあるジョン＝バレンタイン家の地下納骨堂に収めたのである。二月二日のことであった。ハドソンの流れは絶えずして、この世の淋しい悲しみと、賎しきこの住処は水の泡の如く消えるのである。

ヴァジーニアの死に続いてポーの精神は極度に不安定となり、絶望の地獄へ墜落したかのように病床についてしまった。心臓の異常から不整脈が起き、脳障害を併発し、シュウ夫人の診断によると、貧困と飢餓と寒さによる脳炎に患り、夢遊病者のように譫言《うわごと》を言い続けたという。しかし、シュウ夫人とクレム夫人の看護によって二月末頃に回復した。

シュウ夫人の献身的看護に感激したポーは、二月十四日彼女に感謝する詩「M・L・S――に」を献げた。（『ホーム・ジャーナル』一八四七年三月十三日号に発表）。「あなたの存在は朝を迎えるような喜び／あなたがいないと、太陽が消えた夜となる／絶望の床で死を待つ私に／あなたの、囁く「光あれかし！」を耳にして／あなたの眼差《まなざし》は天使のお姿」という詩句の中に親愛の情を限りなく表したのである。

昨年六月『イヴニング・ミラー』紙と『ウィークリー・ミラー』紙がトマス＝ダン＝イングリッシュの名前で、ポーが虚偽を並べて他人から金を借りた云々と書きたてたことから、ポーは事実無根であると主張して名誉毀損で訴訟を起こし、二月十七日、最高裁の判決が出た。ポーの主張が認められ、勝訴した結果二百二十五ドルの損害賠償金の受領が決定した。こうした不愉快な裁判はポーの望むところではなかったが、病床にあるポーの心をますます憂鬱なものにしていった。

しかし二月の末頃から体調を回復したポーは一八四二年に発表した「庭園」を改訂した「アルン

ハイムの地所」(『コロムビア・マガジーン』三月号)を発表し、亡きヴァジーニアが美しき天国に赴く姿を空想した。さらに十二月号の『アメリカン・ホイッグ・レヴュー』には無署名で「ウラリューム――バラッド」を発表、おそらくこれは泣哭する亡き妻ヴァジーニアへの鎮魂の詩《うた》ではなかろうか。あるいはサラ＝アンナ＝ルーイス夫人か、マリー＝ルイーズ＝シュウ夫人への秘めたる友情と愛の詩《うた》であろうか、誰もその真相を知ることはできないのである。ハルトマンが語ったように「友情と恋愛にはなんという違いがあることか！　前者は明るい神殿、後者は永遠のヴェールで包まれた神秘」だからである。

十一　恋愛事件

亡き妻への挽歌

一八四八年は老いらくの恋の年であった。一月十九日満三十九歳になったのに老いらくの歳ではあるまい。しかし、ポーにとっては肉体的にも精神的にも老境の橋を渡ったのである。昨年は愛妻を失い、涙して天界を仰ぎながら「わが妻よ、あゝわが妻よ。わが妻よ、君が俤《おもかげ》を思いみるべき」とポーは呟く。亡き人は帰らざるなり、そのとき、ポーは亡きヴァジーニアを《わが魂の女王》と思う。思いつつ、テニソンの「女王」が耳元で囁く声が聞こえる。

いとしくも、忘れ得ぬ死後の接吻《くちづけ》は、
貴きものなり、希望なき、空想の接吻のように、
口唇は他人に与えて、そは恋のごとく燃えて、
初恋のごとく燃えて、その狂おしきさまは悔恨《くやしき》よ、
おお、死は生の中にあり、その過ぎ去りし日々は、帰らざるなり。

寂寥の野辺をうち眺めながら、わが愛妻を天国に送った悲しさが昨日のように蘇る。蒼空の一月は不惑の翼で孤独者を包み、虚無の大鴉が「ネヴァーモア！」と叫びつつ、妻への挽歌は消え去ることはない。

壮大な宇宙論『ユリイカ』

その頃、ポーは昨年来から想を練っていた『ユリイカ』の執筆に熱中していた。深甚なる敬意をもってアレグザンダー＝フォン＝フンボルトに捧げた「物質的および精神的宇宙についての論文」は《死》が永劫の生命に蘇生することを命題とした宇宙論であり、「原初の単一状態という唯一のものは、次代に続発するすべての世界を生む原因が潜んでいると共に、それらのものの必然的な破滅の萌芽も潜んでいる」とポーは推論する。万物は神意によって創造された唯一にして絶対的虚無に帰着する。しかし、万物の破滅を経過して《神の心臓》の鼓動が新しい宇宙を現出させる。この《神の心臓》とは一体何か。それは「われわれ自身のものである」とポーは結論することで、己れ自身が一個の《神的存在》となるという。ここにポー芸術の神髄が顕現し、ポーの詩と短編小説の愛と霊魂の意味するものが『ユリイカ』に収斂されていったのである。この作品はまさにポーにとって「魂の散文詩」であった。

このような壮大な宇宙論をポーは二月四日、ニューヨークの「ソサエティ・ライブラリー」で「宇宙」("The Universe")と題して講演した。当日の夜は寒風が荒れ狂うように吹き、暖房もないことから、ポーは真黒なコートに身を包み、その姿は《大鴉》のようだった。しかし、集まった聴衆者わずか六十名足らず。ポーの自信作は天候（神の心臓）によって裏切られ、この二時間半に及ぶ講演は失敗した。もし講演会が成功すれば、長年の夢であった自分の雑誌『スタイラス』の発行の資金ができたであろうが、夢は流星のように消えた。しかし『ホーム・ジャーナル』のナサニエル＝P＝ウィルスは好意的評価を下して、蔭ながらポーを支援し、『デイリー・トリビューン』『モーニング・エクスプレス』その他、多くの新聞がポーの論旨が入念に構成された感銘深いものであったと報じた。ポーはこの講演原稿をジョージ＝P＝パトナム社から出版することに成功し、自ら五万部の発行を主張したが、パトナム社は五百部しか引き受けず、前金は僅か十四ドルだった。そして七月『ユリイカ』（一冊七十五セント）と題して出版されると、文芸誌が好意的書評を載せてくれたものの、パトナム社の予想通り売れ行きは不振だった。

《美貌の夢》ホイットマン夫人

ポーは失意の中に沈んで行った。その頃、アン＝シャーロット＝リンチ嬢がロードアイランド州プロヴィデンスに住むサラ＝ヘレン＝ホイットマン夫人に二月十四日のヴァレンタイン・デーに招待状を送り、その日のための詩を送るよう求めていた。リンチ嬢は一八四五年からニューヨーク上流社交界の花形ホステスとして知られる女性である。かつてポーが住んでいたアミティ通りから、あまり遠くない豪邸に住み、有名な文人を招いては文学談話会の場所を提供し、そこにポーが招かれたこともあり、ホイットマン夫人も出席したことがある。

ホイットマン夫人

ホイットマン夫人は一八三五年に夫を亡くした四十二歳の未亡人で、少女時代からの文学少女であった。とりわけ「大鴉」の讃美者であったが、当時ポーと言葉を交すほど親しくはなかった。ところがリンチ嬢から詩を寄せるように求められたホイットマン夫人は、いくつかの詩の中に「エドガー・A・ポーに寄せる」と題する詩を書き、《大鴉》としてのポーに宛てたロマンティックな詩を送ってきた。この詩がヴァレンタイン・デーの夜会で絶讃を博したことから『ホーム・ジャーナル』（三月十八日号）に発表されることになった。ホイットマン夫人の詩がポーの目に止まったのは、発表される前にリンチ嬢を介してポーの手元に送られた時である。ホイットマン夫人は目鼻のはっきりした美人であり、すでに四十五歳になっていたのに、いまだ三十歳台の貴婦人の面影を漂わせていた。ポーは即座に夫人の容姿を想い出すことはできなかったが、空想は《美貌の夢》へと誘い込む。《美貌の夢》への憧れが、ホイットマン夫人への返礼として六十八行の詩「ヘレンのために」を贈らせたのである。七月の満月の夜に出逢ったことの《運命》と魂の結びつき、そして恍惚の死の中の薫り高き魂の発散、あなたの瞳に映る神々しい光、瞳の中に宿る魂が私のすべての世界……。

ポーの魂はホイットマン夫人の心に限りなく迫る。それは愛していたシュウ夫人がポーの期待に反して遠ざかったからでもあろうか、いまポーの空漠たる魂は芽生えた愛の飢えと孤愁の悲しみにさ迷っていた。そして再三ポーは求愛の手紙をホイットマン夫人に贈る。返らぬ手紙に想《おも》いを募らせながら、初恋のように胸を高ぶらせていたのである。

アニー・リッチモンド夫人への愛　六月の下旬オズグッド夫人の養女だったジェーン＝E＝ロック夫人がフォーダムに訪ね、自分の住むマサチューセッツ州ローウェルで講演をして欲いと言う。これを快諾したポーは七月十日の夜ウェントワース・ホールで「アメリカの詩と詩人たち」と題して講演、その時、若くて美しいアニー＝リッチモンド夫人を紹介された。

講演が終わってポーは招かれてリッチモンド夫人宅に泊ったが、ポーは少年のような純粋な心でアニーを愛してしまった。アニーに夫がいるのも忘れてポーは薪が赤々と燃えるリビングルームの暖炉の前でアニーの手を握り、眼を見つめていた。愛を語るのに言葉は無用だった。部屋の片隅にある古い柱時計のカチカチという音だけが聞こえた[45]。

アニーもポーに好感を抱いていた。彼女は詩人としてのポーの讃美者ではあるが、家庭を破壊してまでポーに全生命をあずけることはできない。冷静な女性の判断力がポーを失望の谷へと墜していった。

ホイットマン夫人への求愛　リッチモンド夫人とホイットマン夫人に情熱を傾けたが、エロスの神はポーを見離すばかりだった。ローウェルからニューヨークに戻ったポーは、八月に仕事を求めて懐かしいリッチモンドの町を訪れて旧友と安酒場で時を過ごし、十二年前の若き日を追想しながら酩酊を繰り返し、酒場で「大鴉」や「ユリイカ」の一部分を朗唱した。そして知人であるジョン＝R＝トンプソン（当時の『メッセンジャー』主筆）を訪ね、いま書き進めている原稿「詩の原理」を発表したいと交渉した。幸いトンプソンはこれを受け、十月と十一月号に発表された。愛に飢えながらも文学への情熱だけは失わなかったポーは、八月末にはホイットマン夫人から手紙を受け取り、そこには「希望のある美」という言葉を引用した詩が収められていた。そこでポーは九月二十一日頃プロヴィデンスにホイットマン夫人を訪ね、『大鴉、その他の詩』『ポー短編集』を贈呈し、巻頭の白紙《フライリーフ》に「サラ＝ヘレン＝ホイットマン夫人様　最も熱愛する友人から――エドガー＝A＝ポー」と署名した。さらに『ブロードウェイ・ジャーナル』のバックナンバーをも贈呈したのは、ポーが同紙に書いた無署名の記事を読んでもらいたかったからである。そしてポーは烈しく訴えるように求婚したのである。「わたしの生涯において、はじめて理性を越えた精神の力の存在を知りました。ヘレンよ、私のヘレンよ、なんども夢にみたヘレンよ、恍惚の中で、聖なるあなたの名を口ずさみました。」こうしたポーの哀願とも思える求婚にホイットマン夫人の心が多少動いたであろう。しかし、ポーよりも五歳も年上であり、五人の子供の世話で追われている身分に加えて健康も衰え、ポーを幸福な世界へと導く自信はなかった。九月三十日ホイットマン夫人から受け取った手紙は拒絶の返事であり、ポーは再び十月十八日付で長文の愛の告白の手紙を送り「最愛の人、いとしい唯一の人ヘレンよ」と呼びかけるが返事はなかった。社会的身分とか経済力ではホイットマン夫人の方が遙かに高かったことに対して、ポーは自己を卑下していたのかもしれない。そして十一月四日にはプロヴィデンスに赴き、ホテルに滞在し、遂に七日朝にホイットマン夫人を訪ねたが、面会は許されず、サーヴァントに追いかえされてしまった。その時「最愛のヘレンよ、私は今とても重病です、一言でよいのです、わたしを愛していると言って下さい。どんなことがあっても、あなたは私のものなのです」という一方的、かつ自己中心的内容のメモを渡して堪えていた。するとそのメモを読んだホイットマン夫人は哀れを感じたのであろうか、午後に三十分だけ「文芸会館《アテナナイウム》」で逢うと連絡がきた。ポーがその時強く結婚を迫ったのは、いままでホイットマン夫人から受け取った手紙から、結婚の可能性とポーへの愛を語った言葉を信頼していたからである。二人の文通はポーの手紙の数通だけが今日残っているが、ポーが結婚を信じるようになった文章をホイットマン夫人が書いていたことから明らかであろう。そのため、翌八日の午後は、ポーが宿泊しているホテルにホイットマン夫人が訪ね、母親パワー夫人の反対のために結婚できないことを説明したのである。

条件付きの婚約と破局

絶望は夜の闇よりも深く、夏のプロヴィデンスの風は冷々としていた。ポーはホテルのベッドで頭を押さえつけて泣いた。昼も夜もホテルで憔悴したままだった。

ところが四日目の十三日、遂にホイットマン夫人から「条件付きで婚約」してもよいという返事がきた。条件とは、はっきりと断酒することである。その条件をのめば十二月末までに母親とコンタクトを取るという。歓喜に狂うかの如くポーは喜び、その日の午後六時にプロヴィデンスを去り、ニューヨークへ「凱旋」し、翌日、すぐに返事を書き「わたしの最愛のヘレンよ、なんとやさしく、真実にして、心ひろき人よ、わたしの心はふるえる……」と有頂天の手紙を書いた。

ところがフォーダムの自宅に帰ったポーは十一月十六日アニー＝リッチモンド夫人宛てに愛の手紙を書き「あゝ、愛するアニーよ、もしあなたの美しい、愛らしい手がわたしの額にふれることがなかったら、もう生きてはゆけません」と熱烈な求愛の告白をしているのである。

いよいよ十二月に入り、二十日の夕刻プロヴィデンスのフランクリン・ライシーアムで「大鴉」の成立を解説した「詩作の哲理」を講演して大成功を収めた。ホイットマン夫人も聴衆の一人であり、約千八百人の観衆の前でポーは得意の絶頂にあった。それは講演の成功ではなく、二十五日にホイットマン夫人と結婚式をあげるべく、すべての準備を整えることができていたからである。そして二十二日、ホイットマン家で小さな夜会が行われ、招かれたポーはほんの少しワインを飲んだ。さらに翌二十三日、宿泊先のホテル「アール・ハウス」で朝、一杯のワインを飲んでからホイットマン夫人を訪れて自分の罪を深く詫びた。その日、式司を勤めるヨハネ・エピスコパル教会のネーサン＝B＝クロッカが二十四日に結婚告示を出す約束をしていた。ところが災いはその二十三日の夜に起きた。ポーの講演を聴いて感動した文学愛好家たちと一緒にバーで飲んだことがホイットマン夫人の耳に入ったのだ。それに憤慨した夫人は母親の反対も手伝って、結婚式のキャンセルを一方的に行ってしまった。一度は掛け合ってはみたものの、すでにホイットマン夫人の心は固く閉ざされてしまっていた。

男が一杯の酒のために運命を決定されるとはポー自身も考えていなかった。このような運命は学生時代にアランに絶交させられたことを思えば二度目の失態であった。ところが、酒による三度目の、次は決定的な運命、死の運命がポーに襲いかかるだろうことを本人は何か虫の知らせで気付いていたらしい。

十二 冥界への旅

一八四九年は残酷な死の年である。人間は自分の死の運命の日を知らぬ故に幸福なのであろう。否、ホイットマン夫人という女性に魂を動かされ、創作活動さえ忘れていたポーは、いま結婚の夢が破れて、なにか解放感にひたることができた。

文壇の寵児となる

一月に入ってポーは再び創作活動を開始し、短編「メロンタ・タウタ」(『カディス・レイディーズ・ブック』二月号)を皮切りに、「マルジナリア」(『メッセンジャー』四月～九月)を発表した。なかでもボストンの週刊紙『われらが連合旗』(*Flag of Our Union*)の経営者フレデリック＝グリーソンが、ポーに毎週寄稿することを推めてくれたことから短編の準備に入り、三月十七日号から「ちんば蛙」、「フォン・ケンペレンと彼の発見」、詩「夢の中の夢」、詩「黄金郷《エルドラード》」、詩「アニーのために」、「×だらけの社説」、「ランダーの別荘」、詩「ソネット――わが母に」などを続々と発表しているが、経済的には依然として苦しかった。しかしポーの作品はボストン地区から東部全域にわたって高い評価を受け、読書界は霊感を受けたかのようにポーの新作に期待し、また文学に関心をもつ読者は、ポーの名を知らぬことを恥とさえ感じていた。なかんずく各地の文学愛好集団は、ポーと直接言葉を交すことができなければ、ポーに対する諷刺詩や讃美の詩を発表することが一種の流行となってきた[46]。

あるいはポーの全く未知な青年エドワード＝ホートン＝ノートン＝パターソンというイリノイ州のオウカウォーカーに住む男が、ポーの夢である『スタイラス』の創刊に協力したいという申し出さえあった。もしこれが実現すればポーの長年の夢が実現できる。ポーの手腕と能力をもってすれば、自他共にアメリカ文学史に残る雑誌が生まれることは誰もが認めていた。

「アニーのために」

ポーは本気になって『スタイラス』の創刊に動き出した。そのためにポーが最も信頼する詩人アニー＝リッチモンドに相談に行った。五月の末か六月の初旬のことであったと思われる。ポーは夢を語ると同時にアニーから精神的慰めを求めていたのである。その頃、ポーは「ランダーの別荘」を書き上げており、その中にアニーの優雅な容姿を描き込んでいるのは、ポーの愛がアニーに向けられていたからだ。「お丶、アニーよ、人の世の悲しみや、あまたの苦悩や堪えがたい虚りの風説があるにしても貧困が私を久しく襲い続けた。それでも、私は貴女が私を愛してくれていると思うだけで非常に幸福です。愛なくばこの世に生きる価値がどこにありましょうか……[47]」とポーはアニーに便りをして求愛していたのである。

あるいは最近の執筆の状況、ホイットマン夫人との別離など、ポーがつぎつぎに送るアニーへの手紙は、アニーの心をかき乱していた。アニーは思いあまって夫にその手紙を見せる。激怒する夫はポーとクレム夫人を至急に呼び出せとアニーに迫る。しかし、アニーは冷静な貴婦人だったから家庭内の混乱は発生しなかった。しかし、ポー自身がものした詩「アニーのために」は以前に病床にあった時の、ポーの純粋な甘美な夢にすぎないことをポー自身も知悉していた。「されど、わが心は晴やかに／あまたの星光に勝るなり／天に煌く星の海／わが心アニーと共に輝きて／その輝く光は／わがアニーへの愛なるよ／赫々と燃える光を想うとき／そはわがアニーの瞳なり」。この詩は十五スタンザの最後のスタンザであるが、これが四月二十八日の『われらが連合旗』とニューヨークの『ホーム・ジャーナル』に発表されたのであるから、知る人ぞ知るというべきだが、アニーはポーの「友人」としての立場を守った。

ローウェルの春は遅く訪れたが、草や樹木に新芽がほころぶ頃、ポーはリッチモンド邸の暖炉の前でアニーにその詩を朗唱してやったのである。恋愛感情というものは時に憂愁をともなうものであるが、ポーの詩にはその愁いがない。魂が紺碧の大空に飛翔し、愛の女神が詩想を清らかなものにしてくれるからである。

しかし、ポーはアニーの「友情」で心を満たすことができず、いつの日か再びアルコールの誘惑によって幻の夢を追いながら、ひとり寂しく、悲しい酒を飲みながら、人の世を嘆くのである。

七月にポーは仕事でリッチモンドに赴く必要があったので、フォーダムにいるクレム夫人を六月二十九日にブルックリンのサラ＝アンナ＝ルーイス夫人宅に連れていった。ルーイス夫人も詩人でありポーの讃美者だった。夕食はルーイス夫妻と共に楽しいひと時である筈なのに悲しく、重々しい雰囲気だった。ポーは新しい仕事に希望を燃やしていたが心では泣いていた。

別離と最後の賭け　「命は風中の灯の如し」というように、ポーがニューヨークを去ってリッチモンドに赴く決心をしたとき、二度とフォーダムに帰らないことを胸にきざんだのであろうか。波止場にはクレム夫人とルーイス夫妻が見送りに来ていた。二、三日の旅なら見送りという大げさな儀式は不要だろう。しかし、ポーは少年時代から脳裡にきざまれた魂の故郷、青春時代の懐しい場所で『スタイラス』を創刊しようという最後の夢、いや人生の最後の賭けを断行しようとしていたのである。

六月二十九日やがて蒸気船が出航する午後五時が近づくと、クレム夫人はしくしくと別離の涙を流し始め、ポーもまた眼頭をにじませていた。また、見送りに来てくれたルーイス夫人の手を取り、しっかりと瞳を凝視しながら「ステラよ、わたしの最愛の友よ、君は何もかも私のことを知ってくれたね。二度と君に逢えない予感がする……もし戻らないようなことがあれば、私の伝記を書いてくれないか。君なら出来るし、正しい評価を下すことが出来るからだよ」[48]と寂しそうに言った。

ステラ（ルーイス夫人の愛称）はこれが永遠の別れだとは信じたくなかった。何故、何故、この方はこんな悲しい別れの挨拶をするの。「ガラーン、ガラーン！」。出航の予告のドラがなる。急いでポーは再び地味な服装のクレム夫人に向きをかえて深い皺の寄った顔にキッスをした。苦労を共にした痩身のクレム夫人、いや今日まで自分の面倒をみてくれた真の母親を抱きしめてつぶやくのである。

「私のいとしい母上に神の恩寵がありますように。エディのことを心配しないように！　離れている間に、私がどんなにすばらしい人間になっているか、そしてお母さまを愛し、慰さめるために必ず帰ってまいります。(49)」

ポーは喉をつまらせ、クレム夫人は「お丶、私のエディ」（ポーの愛称）とひと言だけ小声で弱々しく言い、落ちる涙を拾うのである。「神の恩寵」とふと口にしたポーの心には人間としての清冽な魂の美しさが感じとられたばかりか、その瞳はライジーアのような輝きがあった。

「神の恩寵」などという言葉は無神論者のポーがいままで口にしたことのない表現であり、しかも別れぎわに、身を震わせるように「神の恩寵」に一切を託したとすれば、そこにはポー自身も気付くことのない重大な運命が待ちかまえていることを予感していたのだろうか。

汽笛が波止場に響きわたる。他の見送りの客からざわめきの声があがる。蒸気船は白い泡を波間に残して姿を消していった。これが永遠の別れになろうとは一体誰が信じたであろうか。天命。人の世と人の別れは天命に従うほかはないのである。

悲嘆の底から回　復　一八四九年六月三十日、ポーはフィラデルフィアに着き、すべてを捨て去った解放感から酒場で泥酔して郡の留置場に入れられたが、知人のジョン＝サートンが見つけて数時間で釈放された。サートンは画家兼『ユニオン・マガジーン』の経営者として活躍していた。ところが七月二日の午後のこと、真っ青な顔をしたポーがサートンを訪ね「殺されそうだ。助けてくれ！」と叫びながら飛び込んできた。躁鬱病患者特有の症状のあらわれである。ポーは愛する女性を得ることのできない無念をアルコールによって自慰したのであるが、その悲嘆を酒で癒すことはできなかった。その時のポーに友情の手を差しのべたサートンは、詩「アナベル・リー」と「鐘のうた」（最終稿）(50)を五ドルで買い上げてやった。「鐘のうた」は前年の十二月に出来上がったとき十五ドル渡し、改定稿に二十五ドルすでに支払っていたのである。

ポーの妄想は治まることがなく、七月七日クレム夫人に出した手紙によると体調の悪さを訴えていた。「死とはわれわれのすべての秘密、陰謀、奸計からそのヴェールを剝ぐものだ」（ドストエフスキー）。自らのヴェールを剝ぐために、ポーは『ユリイカ』を仕上げて以降、生きる望みはないとクレム夫人に便りしているから、強度の神経衰弱に冒されていたのだ。(51)

しかし、のちに体調が回復すると、七月十四日、リッチモンドに到着してアメリカン・ホテルに宿を取り、ブロード・ストリートの北にある安ホテル「オールド・スワン・ターバン」に移った。全国に名声を馳せた詩人ポーのリッチモンドでの第一歩は深い愁いと不安から始まったのである。

しかし、七月二十一日『メッセンジャー』誌のジョン＝R＝トンプソンと面会して以後、リッチモンド文壇はポーの到着を大歓迎した。まず『リッチモンド・ホイッグ』（七月二十四日）が「フランス文壇に影響を与えつつあるポーはこの地の出身者である」と派手に扱い、『デイリー・リパブリカン』（七月三十一日）も心から歓迎の言葉で紙面を飾った。こうなると低級なブロード・ストリートに住むわけにはいかない。リッチモンドの裕福で、世話好きなナイ夫人がポーを一時的に世話したらしいが、ポーは自由を求めて「オールド・スワン・ターバン」を住処《すみか》にしていた。

久し振りのリッチモンド生活に帰ったポーの周辺に友人たちが集まり、彼らに「大鴉」を朗唱したり、あるいは『メッセンジャー』や『エグザミナー』誌の事務所を寸借しながら、いままで書いた原稿の推敲に力を注ぎ始めていた。

エルマイラとの再会

リッチモンドにいるポーの旧友は少なくなかった。あのスタナード夫人の息子、旧友のロバートをはじめ、「大鴉」の挿画を描こうとした画家ロバート＝サリーにも逢った。人に逢えば過ぎ去りし日々を追想し、幻のように少年時代の楽しさが走馬灯のように脳裡を走る。そしてサラ＝エルマイラ＝ロイスターも。二十三年前、十七歳のときに裏切った女エルマイラ。いまはシェルトン夫人。未亡人。あゝ、エルマイラの幻がポーの心臓をとらえて離れない。

ホイットマン夫人との一件から恋することの悲しみを、苦しみを、そして絶望を味わっているポーは、エルマイラに最後の希望を抱きながら東グレース通りに足を運んだ。シェルトン夫人は夫のアレグザンダーを一八四四年に失って以来、召使と二人の子供とともに平和な生活をしていた。夫の三十八歳の死はあまりにも若すぎた。ポーがシェルトン邸の玄関に入ると召使が現れた。急いでシェルトン夫人を呼びに姿を消すと、やがて彼女が不機嫌な顔で近づいてきた。

「おゝ、エルマイラですね。」ポーは喜しそうに言った。夫人はポーだということに気付いていたが、微笑《えみ》も浮かべず、平然と、冷い言葉で返事をした。

「今朝は教会に行く予定です。礼拝の邪魔はなさらないで下さい。ご用事でしたら日を改めておいで下さい。」

あゝ、何と悲しい言葉であろうか。もちろん、突然、しかも日曜日の朝の訪問はシェルトン夫人からすれば迷惑なことである。ポーにすれば知名な詩人という驕りのようなものがあったのかもしれないが、その日は失礼を詫びて引きさがった。

その後、訪ねた日時は不明であるものの、八月中旬頃、シェルトン夫人邸の玄関前にポーは立っていた。

「私は、あゝ、エルマイラ、私は貴女を愛しています。」退屈な世間話しや文学談のあとにポーは真剣に求愛した。

「おほほ。」エルマイラは笑い出した。冗談だと思って相手にしなかったからである。

「私は真面目です。エルマイラ、私は長いこと、君とのことを考え続けてきました。私と結婚して下さい。」ポーは悲しそうな顔を紅潮させながら訴え続けたが相手にされなかった。

その後、何回かシェルトン夫人に逢って、求婚したにもかかわらず、彼女はポーに返事すら出さなかった。

光輝の乙女
レノーア

八月十七日、ポーは昨年の秋プロヴィデンスで行った講演「詩の原理」と同じものを夜八時からエクスチェンジ・ホテルのコンサート・ルームで行った。

「詩の原理といっても、なにもかも語り尽くそうと思いません。詩の本質について私の趣味に適ったものを考察いたしましょう。詩は魂を高揚し、興奮を惹きおこすときに価値をもつのです。」とポーは冒頭に述べ、シェリーの「セレナーデ」、トマス＝フッドの「美しいアイネス」他、バイロン、テニソンなどの詩を陶酔するかのように朗唱し、天上の美と音楽、詩と音楽との融合から生まれる「美の韻律的創造」を解説した。

プロヴィデンスのように千八百人の聴衆には遙か及ばなかったが、詩の愛好者の集団が熱心にポーの熱唱に耳を傾け、感動を共有し、さらに、ポー自ら陶酔することが出来ただけで、人世の悲哀から解放されたのである。そして会場の片隅に一人の貴婦人が着席していることにポーは気づいた。シェルトン夫人である。講演の最後にポーは「大鴉」を朗唱し始めた。「遙かなるエデンの園で／レノーアと天使らが呼ぶ聖なる乙女を抱擁《だき》しめる時があろうか――／レノーアと天使らが呼ぶ稀有《けう》なる光輝《ひかり》の乙女を抱擁《だき》しめる時があろうか」というくだりでポーは声をつまらせた。レノーア、彼女こそポーの初恋の少女エルマイラの幻影だったから、いま求婚しているポーの朗唱の声には光輝《ひかり》と生命力がみなぎっていた。ポーの輝く瞳はシェルトン夫人の方に流れ、シェルトン夫人の瞳は、あのデモクリトスの井戸よりも深い《ライジーアの瞳》に変わっていたのである。

この講演会が終わってからポーは再三結婚を迫ってシェルトン邸を訪ねた。「大鴉」を聞いて感動したシェルトン夫人はポーに微笑を返すようになった。子供のことが心配だったのであろうか、二人の娘は未だ十歳前後であり、母親としての愛情がポーによって奪われることを恐れていたからである。しかも、夫が残した十万ドルの財産を守り、これを子供たちの教育にあてることもシェルトン夫人の義務であった。しかし、この信仰心のある女性をポーは必要としていたし、激しい恋の炎が太陽の炎のように燃えさかって求婚を訴え続けたのである。やがて、シェルトン夫人は過ぎし日の自分の少女時代を幻想しながら、遂にポーとの結婚を決意してしまった。九月二十二日頃と思われる。(52) その結婚の返事が何日、何処で行われたかは判然としないが、やはりシェルトン邸においてであったろうか。

幸福の絶頂と死の予感

ポーはその一週間前の九月十四日には、ノーフォークの文芸協会の招きで再び「詩の原理」を講演し、さらに十月十五日にはセントルイスへの旅が待っていた。イリノイ州のパターソンの協力で一冊五ドルの豪華な雑誌『スタイラス』創刊の相談である。予約購読者千名を獲得すれば、いよいよポーの夢は現実のものとなる。

婚約も成立し、仕事も順調であった。ポーは、人生の幸福をこれ程強く味わったことはなかった。十月二十七日の挙式の日まで決定していたからである。

その頃からポーは生存中に自分の選集を出版しておきたいと考え始めていた。そのためにはニューヨークにいるルーファス＝ウィルモット＝グリスウォールドの協力を得ることが最善と思い、久し振りにニューヨークへ帰ることにした。一時的にニューヨークに帰るというのに、自分の持ち物を全部整理してトランクに詰め込み、九月二十五日に友人のマケッンジー宅に一泊し、翌二十六日、ギボン＝カーター博士、『メッセンジャー』誌のトンプソンと挨拶廻りをしてから、夜にシェルトン夫人邸を訪れた。そのときかなりの高熱に冒され、体調をくずしていた。シェルトン夫人が脈をはかると正常値をこえていた。そのため悲しそうな顔をしながら「エルマイラ、もう二度とお目にかゝれないような気がします。」と奇妙なことを言ってシェルトン夫人と別れて行った。さらに夜九時半頃医師ジョン＝E＝カーターを訪ねて解熱剤をもらった。

「旅には気をつけて下さい。酒は慎むこと。心臓も弱っていますし、不整脈もありますから。」カーター医師は注意を与えた。

ポーは午前四時発の蒸気船に乗り込み、二、三の友人と別れを惜しんだ。不思議なことにシェルトン夫人にはニューヨーク行きの時間すら告げていなかったらしい。早朝のため迷惑を掛けるといけないという心遣いからであろう。しかし二十七日の午後、シェルトン夫人は不安にかられながら波止場に急行した。空漠たる海。ドラの音《ね》が遠方から聞こえてくる錯覚を憶えた。

孤独な旅人——死

四十八時間の船旅を終えたポーは九月二十九日の午前中にボルティモアに着いた。そのまま汽車でフィラデルフィアに行く予定がどうしてか二、三日ボルティモアに滞在してしまった。

町中が選挙戦の熱気と狂気の渦の只中にあったため、ポーもその渦に巻き込まれていった。いよいよ十月三日が投票日である。メリーランド州議会からの代表者と州選出の上院、下院議員の投票

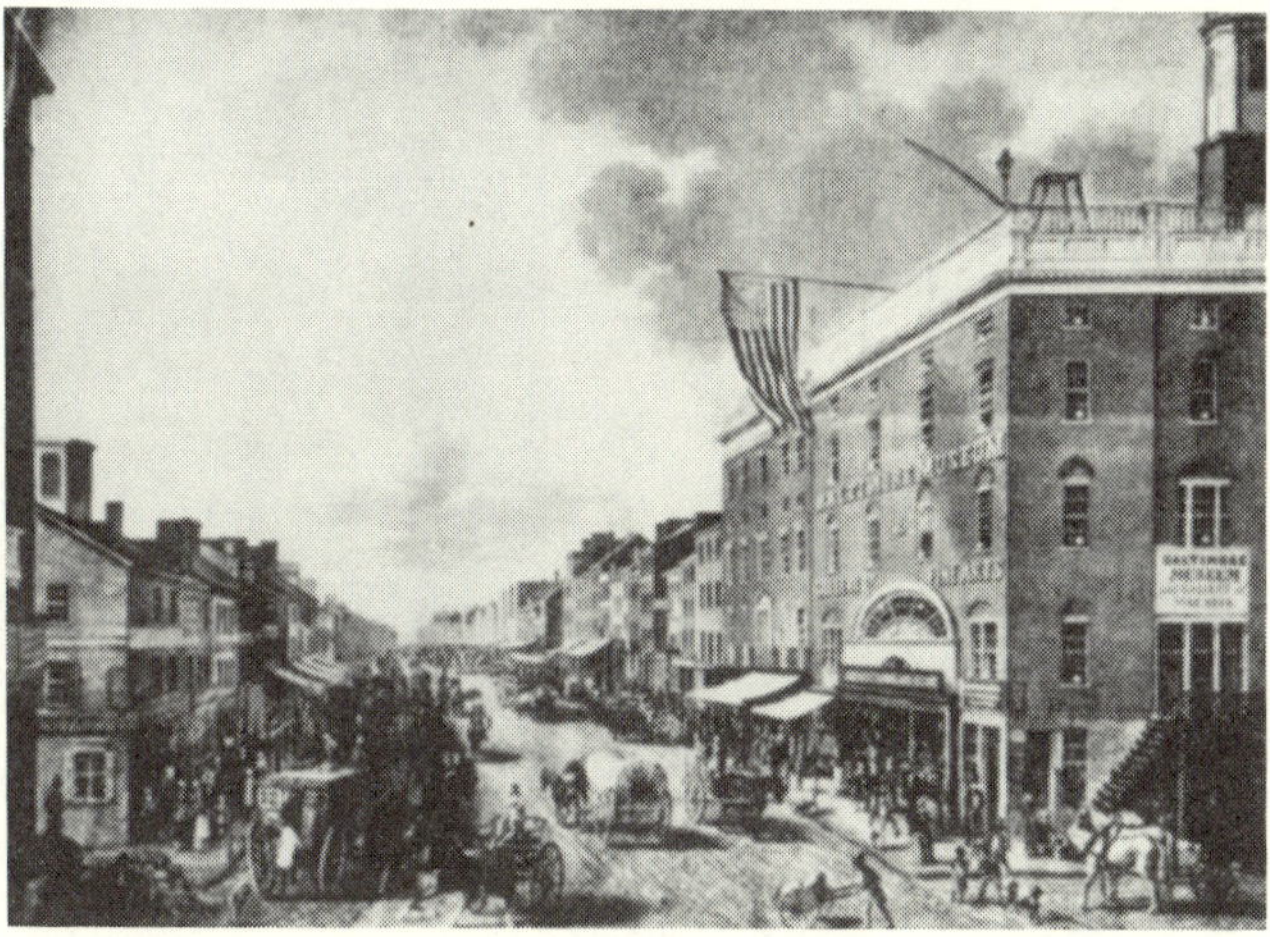

ボルティモア（1849年）

日がやってきた。投票のさい選挙管理人の前で手をあげて宣誓さえすれば誰でも投票ができた。登録名簿はなく、そのため、立候補者から金で買収されたごろつきが、旅行者とか乞食に酒を飲ませ、無理矢理に投票所に連れてきて投票させたのである。ポーもこうしたごろつきに捕まり、ライアン区第四投票所に連れてこられた。この第四投票所の場所が東ランバード街にある「グース・サージャンツ酒場」だった。ポーはそこで酒を飲まされて泥酔状態になっていた。たまたまポーと旧知の文学者ジョゼフ＝E＝スノッドグラスが投票に来てポーの異常な泥酔ぶりを発見、驚き、急いでワシントン・カレッジ病院に連れ込んだが、意識はもうろうとし、モーラン担当医師の質問に小さな声で応えるのみだった――「リッチモンドに妻がいます」と。治療に全力をあげたものの、四日間も危篤状態が続き、意識は闇の中へと追い立てられ、最後の深い呼吸をした瞬間にポーは霊界の鬼と化していった。一八四九年十月七日午前五時。享年四十歳八か月である。ポーの死の三か月前にキルケゴールの『死にいたる病』が出版されたことはこの時代を象徴的に物語るものであった。

病院で夫の仕事の助手を勤めていたモーラン夫人はポーが絶命したあとも静かに聖書をポーの霊のために読んでいた。「イエスは言われた。『わたしは道であり、真理であり、命である。わたしを通らなければ、だれも父のもとに行くことはできない。あなたが……』」彼女の声は途切れてしまった。

ポーは自らの霊魂を初秋の天界へと飛翔させ、クレム夫人にも、シェルトン夫人にも、また多くの友人にも見守られずに一人の旅人として地上から消えていった。ただ唯一の慰めとなったのは、亡きポーの愛妻ヴァジーニアの従兄がたまたまキャロライン通りで監督派メソジスト教会の牧師をしていたことである。そのウィリアム＝T＝D＝クレム牧師の祈りの言葉によって葬儀は十月八日、長老派教会でしめやかに行われ、そしてその遺骸は祖父《ポー将軍》の隣りに埋葬されたのである。

ポーの死の知らせは、ボストン、ローウェル、ニューヨーク、リッチモンド、その他、東部地区に電撃的に走り、そして多くの新聞や雑誌はもとより、多くの友人知己が深い追悼の言葉を捧げた。《死》が人生の永遠の謎であればクレム夫人も、シェルトン夫人もその死を信じることが出来ないのである。フォーダムとリッチモンドの暗黒の天界から、いま囁きの声――「ネヴァーモア」が聞こえてくる。

ポー記念碑

それから二十六年の歳月を経た一八七五年十一月十七日、ボルティモア市民がポー芸術の偉大さを顕彰して、昔の長老派教会、現在のウェストミンスター教会の片隅に白い大理石による美しい記念碑が建てられて、そこに愛妻ヴァジーニアとクレム夫人の遺骨も移されたのである。

ポーの生涯は流れ行く河の如く、多くのものを受け入れては、よどみに浮かぶうたかたの姿であった。人は世に生まれ、また死ぬことを宿命としながら、仮の宿を求めて放浪し、愛を求め、求めることによって心を悩まし、虚無の中の虚無に己をおいて、無情の世に堪えねばならないのである。人の死はたしかに無常であろう。しかし、それは生き残った者の感慨にすぎぬ。人はその死によって無常を超越し、霊魂は清冽な冥界で復活するかもしれないという幻想を抱いている。たとえそうだとしても、現世《うつしよ》の《愛》はいつの時代においても《死》という最後の矛盾のなかで終焉するものである。

I章　註

（1）父デイヴィッド＝ポー二世（David Poe, Jr.）は一七八四年七月一八日生まれ。母エリザベス＝アーノルドの正確な生年は不詳だが、アーサー＝H＝クウィンによると一七八七年頃で、一七九六年一月三日、母親と渡米。このポーの祖母にあたるアーノルド夫人はロンドンのコベント・ガーデン劇場（一七九一年デビュー）で初舞台をふんだ。

（2）一九一〇年一〇月一八日、リチャード＝ラレイの『悲しむのはお馬鹿さん』に出演したのが最後であった。

デイヴィッド＝ポーは一八〇三年一二月一日に初舞台、一九一〇年の失踪まで六年二か月の間に百三十七の役を演じた。主なものはシェイクスピアの『空騒ぎ』のペドロ、『リチャード三世』のトレセル、『マクベス』のダンカン、マルコム、ドナルベイン、『ハムレット』のベルナルド、ローゼンクランツ、レアテーズ、『ジュリアス・シーザー』のブルータス、『ヘンリー四世』のリチャード＝ヴァーノン、『オセロ』のモンタノ、『テンペスト』のフェルディナンド、『リア王』のオルバニー公、エドモンド、『コリオラヌス』のヴォルシャーズ、『ジョン王』のオーストリア公、『ベニスの商人』のサライオその他である。

一方、エリザベスは一八〇二年七月二五日が初舞台、一八一一年一〇月一一日まで九年三か月の間に二百一の役をこなした。主にシェイクスピア物の主役でアリエル、オフェーリア、コルデリア、ジュリエット、デスデモナ、レーガン、ネリサ、ジェシカの他、『ジョン王』のブランチ、『リチャード三世』のウェールズ王、ヨーク侯、『冬の物語』のパプサなど。

（3）ハーヴェイ＝アレン『イズラフェル――エドガー・ポーの生涯と時代』（Hervey Allen, *Israfel: The*

Life and Times of Edgar Allan Poe, New York, 1934）一一六～一一八頁。

（4）H＝アレンによると、エリザベスを捨てたデイヴィッドはスコットランド系の女性と知り合い、スコットランドに駆け落ちし、一子をもうけた。その息子はスコットランドのアーヴィンの学校に通っていたといわれているが確証がない。後年そのことを知ったポーはアーヴィン校の様子を「ウィリアム・ウィルソン」に描いているという。——同書、一一一頁。

（5）この作品にはブランズビー師が実名で描かれ、彼の経済的手腕を歪曲して描いている。また、ポーはここでの学校生活を「陰鬱で単調」と描いている。教室は「狭く、陰気なほど天井も低く、窓は尖ったゴシック風」であり、教室の一番奥に小さな薄気味の悪い室があり、ここを校長が仕事場にしていたという。

（6）Dwight Thomas and David K.Jackson, ed., *The Poe Log:A Documentary Life of Edgar Allan Poe 1809-1849* (Boston: G.K.Hall & Co., 1987), p.42.

（7）同右、四七頁。

（8）クリード＝トマス博士による追悼文（『リッチモンド・ディスパッチ』一八九九年一月一四日）、同右、五七頁。

（9）Sara Helen Whitman, *Edgar Poe and His Critics* (New York:Rudd & Cartton,1860),pp.49 ~ 51. サラ＝ヘレン＝ホイットマンはポーの晩年の婚約者の一人で、ポーの若き日を直接聞いたと思われる。

（10）この詩は*Poems*（1831）の巻頭に収録された。なお、スタナード夫人のための挽歌として、この他「レノーア」("Lenore")「死者たちの精霊」("Spirits of the Dead")が書かれた。

(11) ポーが恋に落ちたのは六月二八日以後であるという。――前出、D＝トマス、D＝K＝ジャックソン、六五頁。
(12) 風の便りは全く嘘であった。ポーの思い込みで、実際に婚約が破棄されたのは一二月二一日以降であり、シェルトンとの結婚は一八二八年一二月六日であった。
(13) Lord Byron, *"To my dear Mary Ann"*, (1804)
(14) この島の様子はポーの短編「黄金虫」の冒頭にある。また「軽気球夢譚」にもサリヴァン島の砂浜に軽気球が着陸する描写がある。
(15) Wilks Street で現在は Eastern Avenue に改名。
(16) ヘリングだけではなく、従兄弟のジョージ＝ポーもニールの知り合いであり、「論説」欄にコメントするように依頼していた。――前出、H＝アレン、二〇七頁。
(17) ポーの「天国」を扱った詩行がたとえ「洗練されたナンセンス詩」にきこえようとも、ポーは美しい、格調の高い詩を完成したと思われる――という趣旨のコメントを書いた。
(18) 五月二〇日前とされ、日は特定されていない。――D＝トマス、D＝K＝ジャックソン、一〇五頁。
(19) 試験科目は「読み書き」「数学の基礎知識」など簡単なものであった。ニューヨーク知事の息子も受験して落第したというから厳正に行われたことだろう。
(20) 最初は「宿命の都市」("The Doomed City") となっていたが、その後「罪の都市」("The City of Sin")、さらに「海中都市」("The City in the Sea") と変更されて今日にいたっている。
(21) 一八三一年五月六日付の手紙（ボルティモア滞在の編集者ウィリアム＝グウィン）によると就職の斡旋を依頼している。

(22) その時代の恐怖を描いたものに「ペスト王」「赤死病の仮面」がある。
(23) 第一詩集に発表されたものとは異なる。キリスト＝キャンベルによってポーの作と認められている。
(24) 一八三二年一月七日号に発表された当選作は、デリア＝S＝ベーコンの「愛の殉教者」だった。しかし、ポーのこの作品は懸賞応募で落選したものが掲載されたと考えられる。
(25) ランバート＝ウィルマーは同誌の八月四日号でポーの好意に感謝した記事を載せ、その中でポーの「独創性に富み、想像力の豊かさ」を激賞したばかりか、ポーに匹敵する作家はアメリカにはおらず、近い将来、ポーの許可を得て、その作品を掲載できるかもしれない、と予告している。
(26) シェイクスピア『ジュリアス・シーザー』三幕二場。
(27) 前出、H＝アレン、二八〇～二八一頁。D＝トマス、D＝K＝ジャックソン、一三〇～一三三頁。
(28) 一八三五年四月一三日付のホワイトへの手紙の一部分。
(29) 『リッチモンド・エクスワイア』、『ナショナル・インテリジェンサー』(ワシントン)、『オーガスタ・クロニクル』(ジョージア州)で好評を博していた。
(30) ジョン＝P＝ケネディー宛の手紙(一八三五年九月一一日付)
(31) 家族だけの自宅での、質素な結婚式であろうと思われる。オールド・クライスト教会のジョン＝ジョーンズ牧師の立ち合いで行われたという。日時は不詳。――H＝アレン、七〇四頁。
(32) 一八三六年度における「誌上寸評」は当時最も注目された批評欄で、ポーによって酷評された著者や他の雑誌社から投書が多くあり、これに対してポーは誠実に返事を書いている。『ジョージタウン・メトロポリタン』誌では、この「誌上寸評」が『メッセンジャー』誌の最高の部分だと讃美し、その批評には「男らしさ、率直にして虚心坦懐、そして一つの著作に対して論じられる批評力と意識の高質さ」があると高く評価している。――D＝トマス、D＝K＝ジャックソン、二二六頁。さらにポーはフェニモア＝クーパー、ワシントン＝アーヴィングなどにも寄稿を依頼するなど、編集者としては辣腕を振った。アーヴィングもポーの批評的態度を高く評価した便りを送っている。――一八三六年七月号に掲載。

この他、ポーには多くの諸雑誌からの反論などに、きちんと返事を出す真面目さと几帳面さがあった。――同じく一八五～二三七頁参照。

(33) 後に「プシューケ・ゼノービア」は「ブラックウッド風の記事を書く方法」に、「時代の大鎌」は「ある苦境」に改題された。

(34) 『貝類学入門』は一八三九年四月に出版されたが、大半はワイアットの執筆である。しかし著者名には「エドガー＝アラン＝ポー」となっている。

(35) 「エピマネス」は「四獣一体」に、「シオペ」は「沈黙」にそれぞれ改題された。

(36) 一八三九年一一月六日付ポー宛の手紙。

(37) 正式に編集者として迎えられたのは一八四一年四月号からである。入社後は短編以外にディケンズの『バーナビー・ラッジ』(二月号)、『骨董品店』『マスター・ハンフリーの時計』(五月号)、ブルワーの『夜と朝』(四月号)、マコレーの『批評的論文集』(六月号)など、主に書評の仕事を担当した。

(38) *Foreign Quarterly Review* (January) で評者はブライアント、エマソン、ロングフェローを讃美するが、彼ら以外はイギリス詩の模倣者として忘れられがちであるという。また、ポーはテニソン以降、重要な詩人であり、「魔の宮殿」と「眠る美女」には模倣者を近づけない霊的世界が内包されていると激賞した。

（39）ボルティモア市『サン』紙の一八四四年三月二一日付。

（40）一八四四年四月七日、朝食後にクレム夫人に書いた手紙。前出、アレン、四〇六頁～四〇七頁。

（41）二月五日号の『イヴニング・ミラー』は「一友人」（チャールズ＝サムナー）の投書として「この詩集は無名作品を収録したにすぎず、一般の読者に影響をもたらすことを意図していない」と反論している。また、ロングフェロー夫人は義兄サミュエル宛の手紙（二月一三日）でウィリスがポーの横柄な態度を弁護したことを非難している。同時にポーの「大鴉」などは「奇妙な詩で技巧をこらしたリズムばかりで、《内容がない》《ナッシング・モア》」とたしなめている。

（42）一八五〇年の初頭頃、R＝W＝グリスウォールドへの手紙参照。――Rufus Wilmot Griswold, *The Literati … By Edgar A.Poe* New York: J.S.Redfield, 1950.

（43）アリストテレスが哲学を教えたアテネの園の名前。

（44）Mary Gove Nichols, *Reminescences of Edgar Allan Poe*, 1863; rpt. New York: Union Square Book Shop, 1931. ニコルズ夫人は「健康改善運動」の提唱者として知られていた。

（45）Arthur Hobson Quinn, *Edgar Allan Poe:A Critical Biography*(1941,rpt., Cooper Square Publishers, Inc., 1969), p. 588.

（46）オーガスティン＝J＝H＝デューガン「著者たちの鏡」（『ホールデン・ダラー』誌一月号）、オズグッド夫人『獅子たちの手紙』（ジョージ・P・パトナム社）などがその代表である。

（47）一八四九年一月一一日、アニー宛の手紙。

（48）シルヴァナス＝D＝ルーイス（弁護士）とサラ＝アンナ夫妻は、一八四五年以降、ポーと親交を結んでいた。ルーイス夫人はポーの伝記を書くことはなかったが、彼女の証言をもとにイングラムが伝記を書いた。
John Henry Ingram, *Edgar Allan Poe:His Life, Letters, and Opinions,* 1886;rpt. New York: AMS Press, 1965.

（49）前出、H＝アレン、六四八頁。

（50）「鐘のうた」はシュウ夫人が一八四八年の夏頃にヒントを与え、彼女の助言によって改稿し、三度目で最終稿として持ってきた。人生の栄枯盛衰を歌ったこの詩はポーの死後発表されることになった。

（51）前出、イングラム、四一七頁。

（52）九月二二日頃と推定されるのは、シェルトン夫人からクレム夫人宛の手紙（九月二二日付）で結婚の意志を伝えているからである。

II　エドガー＝A＝ポーの思想

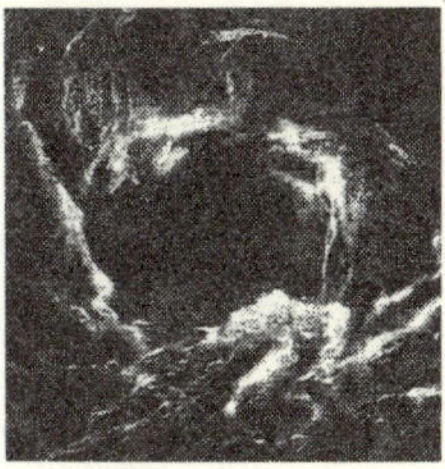

思想というのは人間の精神が《自然》とどのようにかかわるかを論理的に説明しようとするものであるから、精神が《自然》に対してどの程度自己自身であるか、つまり、いかに主観（感情）と客観（科学的実証）のバランスを保持するかによって思想の独自性が決まる。

ポーの文学者としての思想も知性（古典から十九世紀にいたる文学）と経験によって自己完結を目指したものであるから、その内容は多岐にのぼる。しかしここでは「宇宙観」「死生観」「グロテスクとユーモア」のみに限定して概説することにとどめ、具体的には第III章、第IV章で作品に即して論じることにする。

一　宇宙観とパスカル

宇宙の法則　ヘーゲルによると「知性は再認識的である。知性はすでに自分のものである限りの直観を認識する」（『精神哲学』）という。ポーの宇宙への認識は古代人が自然と人間との運命を占星術によって解明したと同じように天宮図《ホロスコープ》にも少なからず関心を抱いていた。ライジーアの瞳が双子宮の星のように知を表象するイメージはヘーゲルのいう「直観を認識する」霊的力を付与させているし、またピタゴラスの「天体の音楽」への関心も少なくない。（第III章参照）

しかしポーによる宇宙観を明確に示したものは『ユリイカ』であり、彼はまず次のような一般的命題をかかげている。

原初の単一状態という唯一のものは、次代に続発するすべての世界を生む原因が潜んでいると共に、それらのものの必然的な破滅の萌芽も潜んでいる。

誰もが想像するように宇宙（the Universe）はその誕生以前は《無》または《闇》という単一状態であり、それでも、そのような空間にエーテルが充満し、十数億年前に大変革が発生してガスや微粒子が星を形成し、今日の銀河には何千億かの星が散在する。そこから宇宙の法則が開始された。そのような宇宙の法則によって何故地球が誕生したか誰も証明することができない。進化論者チャールズ＝ダーウィンの『種の起源』（一八五九）はポーの死後十年の著述であるが、進化論そのものは仮説である。何故なら人類が登場したとされる洪積世（二〇〇万年前）の記録もなく、われわれの知見はせいぜい一万年前ぐらいからであり、それすらも「星の宇宙」に人類は左右され続け、UFOからボイジャー二号にいたるまで科学は想像力によって一大飛躍を遂げたのである。

絶対的単一状態

もちろんポーの宇宙観が科学を全く無視しているわけではない。『ユリイカ』という題名が暗示するように「判った！」というのは、アルキメデスによる王冠の金の純度を測る方法の発見であった。同様にポーは、宇宙には整然とした首尾一貫性

（consistency）と神の心臓の鼓動（霊知）が存在することが判った、というものである。「首尾一貫性」とは現在の宇宙の存在をあるがままに認めることによって、万物が生死の循環を続け、かつ調和を保ちながら、君自身が存在することに矛盾がないことを意味する。そのような認識に到達するために《神の業《わざ》》の絶対性（真理）を前提にしながら、フンボルトの気候環境と植物の生態的理論[1]、マルキド＝ラプラスの星雲説[2]、ニュートンの重力説を引用しながら宇宙拡散と単一への回帰への反復であり、引力と斥力は宇宙を知覚するときの唯一の規範だとポーは考える。言葉をかえれば「事物が精神に顕われるときの唯一の手がかり」だという。このように宇宙の原初の姿は静寂な闇の「単一状態」であり、これは疑問の余地のない《真理》だ。つまり、神の意志が働いている「霊的能力」によって「単一」へと帰るとポーは考える。「霊的能力」というのは空間の中に存在する物質（本原微粒子）が引力と斥力の原理で結びついたり拡散する《力》であり、それは「物質的なものと精神的なものの固き友情の絆」であると同時に、「形体と霊魂とが一緒になって進んでいる」とポーは解説する。

　ラプラスの星雲宇宙創成説は、太陽系を中心とした「宇宙球体」（コスモス）を一つの巨大な構成として論じたものであるが、ポーも大筋においてラプラス説に賛成しながら、宇宙の有限の範囲内にみられる自然と自然の神（過去も未来もなく、現在）の法則を認めている。可視的宇宙は太陽の光の環を中心に地球、月、土星、木星、金星、火星、水星、天王星、海王星のすべてに神意が働くことによって、「星の宇宙」そのものは絶対的有限なる存在だとポーは推定する。人はよく「無限なるもの」を喜ぶ性質があるが、それは「観念の幻」をもてあそぶものであり、結局は宇宙そのものは「神のプロット」であるから、「神のプロットは完璧」だという有神論に帰結する。そして、物質がエーテルを追放した暁には宇宙は引力も斥力もなくなり、物質的虚無の状態、つまり「絶対的単一状態」に帰る。そのときに残る唯一のものが《神》のみであり、再び《神の心臓》(Heart Divine) の鼓動によって新しい宇宙が誕生する。

《神の心臓》　これがポーの最も重要な結論である。では《神の心臓》とは何かと自問した後にポーは「それはわれわれ自身のものである」と答える。つまり人間はそれぞれの想いに従って《神の心臓》を所有しているのである。これはパスカルの「人間は考える葦《あし》である」という思想の敷衍であろうか。パスカルはさらに次のように述べている。

その葦を押し潰すために、宇宙全体を武装するには及ばない。一陣の疾風や一滴の水でも葦を殺すのに十分である。しかし宇宙が葦を押し潰すにしても、人間が葦を殺すことの方が遙かにましである。なぜなら、人間は自分が死ぬことを知っており、また宇宙が人間より優越していることを知っているからである。宇宙は何も知らない。だから、われわれの尊厳の一切は考えることのうちに存する。(『パンセ』三四七)

パスカルはこのようにまず人間の尊厳を優先させるために思考せよという。自己自身の精神の確立によって「宇宙は私を包み、一つの点のように私を呑み込む。考えることによって、私が宇宙を包む」（三四八）。パスカルの「宇宙を包む」という思考の発展が、ポーによる「《神の心臓》は、われわれ自身のものである」に帰着したとも考えられる。『ユリイカ』の中でポーは、「星の宇宙」が無限の空間でないことをパスカルの言葉を引用して、賛成する。つまり、パスカルによると「宇宙は中心がどこにも存在し、同時に周辺のどこにも存在せぬ球体である」という。これは宇宙の定義になっていないが、パスカルは霊魂の非物質性を説いただけである。たいまつの火は物質である。宇宙に拡散している星のすべては物質である。しかし宇宙が「球体」であるという認識は、すべて人間が「考えることのうちに存」する。

《思考》から《感　性》へ　ポーはパスカル的思考から一歩前進させ、宇宙が均斉のとれた相対関係によって成立していることを科学的相対性原理によって証明しても、宇宙の《真理》を証明したことにはならないという。それが可能なのは人間精神に宿されている詩的感性によると明言する。そのため『ユリイカ』という作品は「真理の書」として「思考する人より感ずることのできる人々」へ捧げられた「一編の詩」として読むことをポーは切望するのである。つまりパンセの《思考》から、ポー的《感性》の必要を説くのである。その感性とは自己の存在をエホバの存在と認識し、自己の中に《神霊》（Spirit Divine）を宿すことによって生命を蘇生させる《霊知》を手にすることである。

ポーの《感性》と《霊知》はここに至ってヘーゲルやパスカルからプラトンに飛翔していく。こうしてポーの宇宙観は現実的天文学者の推論より、カリオペ（叙事詩を司る女神）や、ウラーニア（知と愛を求める天界の女神）に想いを馳せる。プラトンによると宇宙《コスモス》は秩序ある全体であり、それを支配する「神」は不可視であるが、最高神として存在することを誰もが認めることができる。また天体の星はそのような神々である。そして、人間が誕生すると霊魂は一つの星に結びつけられるという（『ティマイオス』）。パスカルの宇宙と神は限りなくキリスト教に近づくのに対し、ポーの宇宙と神は、限りなくプラトン的宇宙に接近していく。例えば『パイドロス』の中で、ソクラテスの話しを通して魂《プシューケ》の不死なる実体を「自己自身を動かすもの」と規定しているのは、宇宙全体が「動の源泉となり、始原となる」ことに基づいている。このように「天上の美」へ憧憬するという詩的感性がポーの宇宙観の基礎であり、《美》のゆえに「永劫の生命に蘇生する」ことをポーは信じるのである。かくして『ユリイカ』は、まさしくプラトン的宇宙論であったと見るべきであろう。

二　死生観と闇の思想

死と死後の世界

不死なる魂《プシューケ》の《美》を憧憬することによってポーの描く人びとは、「アル・アーラーフ」における恋人たちのように、「死は充たされた生の最後の恍惚に満ちていた」のである。そして《死》の彼方にあるものは《不滅》ではなく、「瞑想の眠り、《不在》という眠り」であり、「天国の永遠性と地獄からも遙かに遠い場所を疲弊した魂の住処《すみか》にしたい」とポーは願望する。ポー自らがこの詩に付した註釈によると、天国からも地獄からも遠い場所とはアラビア人の宇宙観に基づいている。アラビア人によれば、天国と地獄の間に一つの中間的世界があって、そこには天国の喜びや静けさはない。また地獄の住処でもないが、アル・アーラーフという星は「瞑想の眠り」を約束してくれる。そのことは、ソクラテスがディオティマに語った「エロス」の奉仕者としての《神霊《ダイモーン》》によって守護されている姿と似ている。

ポーによる天上の美（Supernal Beauty）への憧憬は「イズラフェル」の中で天使イズラフェルの心の琴線によって琵琶《リュート》が奏でられることによってもうかがえる。このように死後における魂は、肉体の滅びから霊魂の不滅によって「天上の美」と紐帯することをポーが理想としたのである。

しかし、ポーの詩や短編小説に扱われた死の多くは、夢と幻想から生まれる魂たちの悲惨と恐怖を扱っていることもまた事実である。しかし、ポーの《死》と《死後》の世界を扱った作品の中で、その大半が死者たちへの限りない晩歌であったことを忘れてはならない。例えばスタナード夫人の死を悼んだ「ヘレンの君へ」のように《魂《プシューケ》》（美の女神）の不死を願うのである。

　不死であるが故に「モノスとウナの対話」のように、生まれ変わった魂たちの《会話》によって、ポーの死生観が暗示されることになる。モノスがウナに語ることによると、地上にあって人間たちは自然の尊厳を認め、自然の四大要素（地・水・火・風）を支配し、万人平等の思想が普及し、あまねくデモクラシーを普及させようということは、悪の主役としての《知識》から必然的に生まれた。そのうち煤煙を吐く大都会が数知れず発生し、緑葉は枯れはて、忌わしい病気に冒されたように自然の美しさは歪められる。地上では審美眼を養うことをせず、自ら破滅の道に向かって驀進《ばくしん》する。

　こうした危機に対して、審美眼をもつことだけが、純粋知性と道徳観の中庸を保持させて、われわれを《美》と《自然》と《生命》へと開眼させる。必要なことはプラトンの純粋な観照的精神と直観力。そして精神の教育にとって不可欠な「音楽《ミュージケ》」、この二つが地上で忘れられてしまったとモノスは嘆く。このモノスの言葉が今日の人間に対してなお有効なのはそこに《真理》が語られているからである。当時のアメリカ社会の偽民主主義は、ポーを死に追いやる直接的原因であり、環境破壊や人間教育への警鐘はまさに今日的至言といわねばならぬ。

闇の世界

不死と死の神秘的相関関係がポー思想に与えた影響は、ソクラテス、プラトン、キケロらの死生観によっている。ソクラテスは、死は最大の慰藉《いしゃ》であると信じていたし、キケロも「死は害悪」ではなく、「滅びではなく、何か生きている場所への転移」（「人生の幸福について」）であり、「死ぬ勇気がなければ人生は奴隷の状態と同じ」であり、「死もまた人生の義務の一つである」（「道徳書簡」七十七）と語っている。

このように考えるとポーの死生観は絶望よりも、死後の平安な世界への夢を語り続けることによって現実から超脱しようとしていたのであろう。さらに明晰な言葉によって死と生を対比させた者がエピクロスである。

私が存在する時には、死は存在せず、死が存在する時には、私はもはや存在しない。

これに対してアナトール＝フランスは「しかし、もしも、死はわれわれを襲いながらも、われわれを存続させておくとすれば、われわれは墓のかなたにおいても、地上にあった時の自分と全く同じ自分を見い出すであろう」（『エピクロスの園』）と語っている。これを小説化した作品が「モノスとウナの対話」である。

ポーはモノスに語らせる。「人間にとって地球がふさわしい住処となるためには、死によって清められた人間」「知識によって毒されていない人間」「償いをすませ、再生し、いまや不死の魂となって、なお質料的な存在である人間」になることである。
　モノスはいま闇に包まれた墳墓の中に横たわり、一切が空となり、星雲の光も見ることができない。存在しない者にとって形も、思考力も、知覚もない。このような《無》の状態でありながら、しかも不滅であるすべての者にとって墳墓は、やはり魂たちの安らぎの住処であった。しかし、時間だけが肉を腐蝕させていく。
　墳墓――この闇の世界こそがポーの思想的光源になっている。「大鴉」で青年が館の外に、闇の沈黙《しじま》の中にある不思議な力を想像するのも、「アッシャー館の墜落」で満月の光を浴びながら、真夜中に館が幽玄の湖（生命の再生）の闇の中に没入するのも、あるいは「告げ口心臓」で主人公の青年が真夜中に、老人の「大凶の眼」を憎んで老人を殺害するのもすべて思想表現である。こうした物語には闇の中に輝く月光、ランプの火、龕灯《がんとう》など重要なイメージが浮き彫りにされている。

　　火はものを照し出すと同時に燃焼させる。それは明らかに「理性の光」であるが、それが燃え続けている場合には倫理的な意味をもたず、知性を焼きつくす火になる。愛する者の生存を脅やかす、破滅させる火でもある。（アレン＝テイト「わが従兄、ポー」）

テイトが語るように、物質としての火は破滅を導くだけではなく、逆に破滅の実相を証明する《魔力》だ。ランプの火（蠟燭《ろうそく》の火）は知性の堕落、愛することの苦悩、人間の飽くことのない貪欲などを顕現させるメタファーでさえある。

《闇》と《光》

誰もが知るように旧約聖書の「創世記」（第一章四節～五節）の中で、神は天と地を創造し、光は神の命令によってつくられ、そして光と闇が分離されたとある。神が太陽をつくり、陽が沈むと「大きな恐ろしい闇」がアブラハムを襲い、《闇》は根源的に恐怖の対象となる。《恐怖》は生命をもつものにのみ感じる一つの観念であるが、やがて恐怖からの解放を求めて、再び《闇》に向かい、ヨブが《闇の土地》を訪れる。その土地は《死》の影がさして、秩序もなく、《光》も《死》のようであった（「ヨブ記」第十章二十二節）。ヨブは《闇の土地》を訪れることによって、知恵と力が神と共にあることを学ぶ。つまり《闇》は魂の安らぎの場所であった。

また「出エジプト記」（第十章二十一節）によると、主がモーセに手をさしのべて《闇》を招くように告げる。モーセが天に向かって手をさしのべると、《闇》がエジプト全土を三日間支配したので、エジプト人たちは闇のために身動きすることができなかった。《闇》がすべてを盲目にさせ、一切の行動を停止させる力をもつからである。《闇》は神への恐れから生まれる。ダビデが闇に覆われて苦しむとき、主には闇も暗くはなく、夜も昼と同じく輝き、闇も光と異ならなかった（「詩篇」第百三十九篇十二節）。

このように旧約聖書における《闇》概念は闇が恐怖の対象であると同時に魂の安らぐ場所である。

ポーの闇の世界も原初の《闇》の沈黙《しじま》こそ、女性の胎内の《闇》の中で生命を誕生させる聖なる場所と同じく、生命体としての《宇宙》を誕生させる《神霊《ダイモーン》》の宿る場所でもあった。

しかし、キリスト教が勢力をもつに従って《闇》は悪の根源とされるようになった。「ヨハネによる福音書」の冒頭に語られるように「初めに言《ことば》（ロゴス）」があり、「言《ことば》に命《いのち》」があるのは、「命は人の光」であり、「光は闇の中に輝き」、そして「闇は光に勝たなかった」という。こうして《光》は生命の根源となり、それ故に《闇》を愛する者は悪を働く者としてキリストから裁きを受けるのである。

もちろんポーの作品には「夜と呼ばれる悪鬼」（「夢の国」）、「夜の沈黙《しじま》に聞こえる恐怖の鐘の音」（「鐘のうた」）のように恐怖のメタファーとして多く使用されてはいるが、「大鴉」のように闇の内包する《幻魔の力》によって青年が覚醒し、神の《光》を拒絶するのである。《闇》は虚無の本質であるが、虚無を超えることのない《絶対境》、つまり《死》という《絶対境》（超脱の世界）に到達した者にとって、虚無は精神の《光》、《歓喜の源泉》と変容する。

宇宙創造の秘儀を司る神

イギリス・ロマン派の詩人が《闇》をロマンティックな自然の風景の一部分として描く[3]のとは異なり、ポーの描く闇は決定的にメランコリーにいたる人間の魂の悲愁を捉えながら、この《闇》に到達したときの人間存在の哲学的意味を明示する一つの《宇宙》なのである。

《闇》は宇宙霊としてそこに存在している故に自己自身を動かす。たとえそれが太陽の光を受けたとしても、それは天体の運行による一時的現象にすぎず、魂の不死なる活動は死後にはじめて始まる。《夢》が幻想を生むと同じように、幻想が現実を解放する。「早まった埋葬」に描かれているように、生と死の境界は曖昧模糊としている。

夜の帳が降りて、睡眠の時間は一種の仮死状態となり、夢（幻想）によって人は最も冥界に接近して、死者と再会することを可能にするのである。何故、夢の中においてのみ死者と再会できるのであろうか。それは現実が《死の世界》と紐帯してることによって《生》を仮象しているからにすぎない。《夢》は闇の世界において幻視を可能にさせる一つのヴィジョンの世界である。

つまり再言するが、冥界幻想を描いた「モノスとウナの対話」における魂の対話は《闇》の思想表現の原型《アーキタイプ》であり、「エイロスとカルミオンとの対話」の《夢》は、現実世界の精神的慰藉そのものである。そうすると、ポーの《闇》は光そのものを魂の内部に包摂してしまうところの宇宙的《子宮》、つまり生命の覚醒をもたらす《宇宙想像の秘儀《イニシエーション》》を司る《神》であり、首尾一貫した大自然の法則を守る《美》の世界である。それ故に《闇》を想い、《闇》に魅せられる魂は「天上の美に対する人間の憧憬」を意味すると同時に、「天上の美」は英知と愛の源泉でもあったのである。

三　グロテスクとユーモア

ポーは一八四〇年に『グロテスクでアラベスクな物語』を出版したことから、ポーの芸術がグロテスクによって代表されるという。一般的にグロテスクには「空想」「奇怪」「異常」「恐怖」というような、さまざまな意味が内包されているものの、ポー芸術が暗示しているグロテスク性の真髄が未だ理解されていないのが現状である。

グロテスクとは

そもそも「グロテスク」(grotesque)[4]という言葉は一五〇〇年頃に発掘されたローマの建築物の地下室(グロッテ)のことであり、特にネロの宮殿のグロッテには、あざやかな装飾壁画が発見されたことから、人間、動物、植物などの組合せを空想的に行った装飾芸術一般を指すようになった。しかし、このような装飾芸術は古代石器時代に石に刻み込まれた図像、あるいは古代オリエント時代の皿、鉢、タピストリなどに描かれた紋様、さらに古代エジプト、ギリシア文明の装飾芸術を考察すると、装飾芸術の基本的思想はその時代の人類の生きざまを記録することであるから、必ずしも、荒唐無稽、奇怪、不自然なものではなかった。一方、ギリシアでは、グロテスクとはアーチ形天井のことを意味していた。それは天井に描かれた図像の中に人間の美を表現しようとした芸術様式の一つと見做されていたからである。

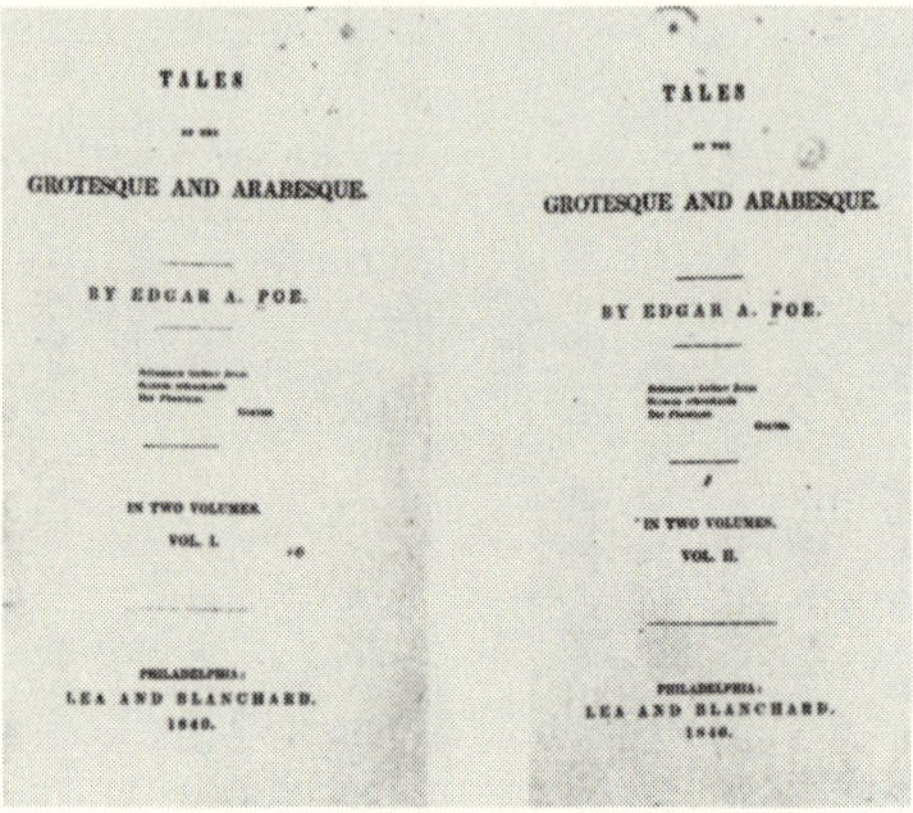
TALES
OF THE
GROTESQUE AND ARABESQUE.
BY EDGAR A. POE.
IN TWO VOLUMES.
VOL. I.
PHILADELPHIA:
LEA AND BLANCHARD.
1840.

TALES
OF THE
GROTESQUE AND ARABESQUE.
BY EDGAR A. POE.
IN TWO VOLUMES.
VOL. II.
PHILADELPHIA:
LEA AND BLANCHARD.
1840.

『グロテスクでアラベスクな物語』

ところがグロテスクの語源をイタリア語の grotta（洞穴）に求めた結果、異常な場所、異質な状態、異質な形、異形というような装飾美術の批評用語に転化していった。たしかにグリフィン、ロック、スフィンクス、カイミーラ、ケンタウロス[5]などのように人間以外の生き物との合体は異形そのものであるが、そこには究極の空想力が芸術作品を生んだと見做されるべきだろう。

十八世紀の初期まではこのようにグロテスクという意味は幻想的ではあるが、きわめて自然な状態における創造芸術と見做されてきたのであり、不自然で、奇想天外、異常なものというように、やや軽蔑的に見られるようになったのはロマン主義の時代以降である。

ポーにおけるグロテスク性

さてポーの芸術的立場からすれば、「グロテスク風物語」「アラベスク風物語」のことを言うのであり、不自然にして、奇怪なものを意図したり、それを目的に創作したのではない。ポーには「スフィンクス」とか「四獣一体――人間麒麟《ホモ・カメレパド》」という作品があるが、スフィンクスを見たという男が「死の前兆」ではないかと思う個所がある。これは友人の説明によって、対象を過大評価したり、過小評価する人間の愚かさを諷刺したのである。それと同時に、当時アメリカでデモクラシーの普及が熱狂的に叫ばれていたが、それにはまだまだ時間がかかるという、ポーにはめずらしい社会批評小説なのである。一方、「四獣一体」も、エピグラーフにクレビヨンの『クセルクセス』から「人はそれぞれに徳を有す」を引用し、馬鹿と狂人が巨大な麒麟の前にひれ伏している様子が描かれている。その動物は東方の独裁者のなかでも、最大と称せられているシリア国王アンティオクス＝エピファネスだった。高貴にして自由なエピダフネ市民への諷刺は、実は民主主義国家を自慢するアメリカ人を揶揄していたのである。

このように考えると、ポーにおけるグロテスク性は奇怪とか異形の謂ではなく、深層心理つまり、自己自身であることを失い、かつ気づいていない潜在意識の文学的表現ということになる。そのため、不自然ではなく、きわめて自然な姿、状態、意識と共に滑稽《コミック》さや恐怖が付随することは当然である。

眼球と深層心理の諸相　このように考えるとポーにおけるグロテスク表現は二つのパターンに分類できる。①眼球と知性。②深層心理の諸相（叛逆、復讐心、天邪鬼《あまのじゃく》）である。

①眼球と知性

ポーが描く眼球はライジーアの双子宮の星に象徴されるように「自然の理法によって万物に浸透する崇高な意志」を表している。こうしたジョウゼフ＝グランヴィルの思想を借りながら「デモクリトスの井戸よりも深い」眼球の輝きの中に、「永劫不滅の意志」や知的推進力としての理性《ヌース》をそなえた《霊知《グノーシス》》（愛の霊光）を秘めているとすれば、それは純粋な人間の内なる魂であると同時に、世界の《魂》を代表する《神霊《ダイモーン》》そのものである。「大鴉」の眼球、「黒猫」の猫の眼球も同様である。いずれも人間の自己中心的エゴイズムや天邪鬼を見破る心霊的《英知》は悪の支配者としての人間の上に君臨している。

ギュスターヴ＝ドレの描いた『ヴィジョン』『奇怪な気球のように、眼球は無限へ向かう』のように、眼球は無限の宇宙の神秘を解明したいという人間の潜在的欲望の自己表現であった。ポーに衝撃を受けたルドンが「ハンス・プファールのすてきな冒険」や「軽気球夢譚」の影響を受け、眼球が天界に向けられるのは、《魂》が下界を離れることによって宇宙への憧れを表現するロマンの世界なのである。『エドガー・ポーに』と題する六枚の黒刷り石版画は眼球による象徴的思想表現を主題としている。『水平線には確信の天使が、闇の空には問いつめる眼球が』という作品は、ポーの「ベレニス」に描かれた「霊的で意味ありげな眼」「瞑想力」としての眼球の象徴なのである。

ルドンの『仮面が弔鐘を打ち鳴らす』に描かれた骸骨の眼球はおそらく「赤死病の仮面」から着想を得たのであろう。時間を告げる十二時に仮面舞踏会で悦楽にふける人々が恐怖に襲われるのは、赤死病の仮面が登場するからである。骸骨が鐘を打ちならすのは、生の終焉は絶対的に避けられることのない死であるから、生命をもった眼球をあえて骸骨に描き込むことによって、安らかに死者を迎え入れようとする愛の表現なのである。つまり、すべての眼球は人間の虚妄、欺瞞、偽善、不正、悪意の顕現を余儀なくさせる心霊的《窓》であるが、そのような人間の低俗な眼球に美しい生命力と知性を付与することによって、一切の愛は眼球の輝きから始まるという《神霊》的特質を認めようとしたのである。

小説ばかりではない。「タマレーン」の中で純潔の乙女の眼球が大空に向けられおり、「アル・アーラーフ」では、ネサケーの燃えるような眼に想いを馳せ、「小曲」の中では眼の光が愛のすべてとなり、「ユーラリイ」では夜の星の光以上に、ユーラリイの眼は深紅と真珠の輝きを放つのである。このようにポーの眼球は神の贈物としての《知》と《美》と《愛》の象徴としての特色をもつのである。

②深層心理の諸相

ポーの短編小説の成功の秘訣の一つとして人間心理のドラマティックな逆転劇（意外性の効果）をあげることができる。「黒猫」の主人公が妻を殺した後に自分で白状してしまうのは罪の意識をもたなかった、いや、もとうとすら思わなかった天邪鬼のなせる業である。「このまわりの壁もがっしりと造られております」と口走るのは、物質としての壁が霊的肉声として犯人である《私》を囚えたのである。

それは猫の眼球の《霊知》が罪を暴露させる力となったのであるが、もともとこの地下室は典型的な「グロッタ」であり、一度囚われた人間はそこから脱出することができない《嘆きの壁》であり、犯人が入り込んでいる場所は壁の内側、つまり墓であり、壁の外側は客観的に見ると理性的世界、自由で解放された場所に逆転しているのである。恐怖というものは、そのような心理状態の逆転から生ずるものであり、猫の片目が犯人を死刑執行人に渡すというグロテスク性は美事というほかはない。

「陥穽と振子」の牢獄も「グロッタ」そのものであろう。この作品は中世の異端審問をモチーフに、拷問に苦しむ男の精神の苦痛、死の恐怖、冥界への墜落幻想、墓場での安らぎの夢など、さまざまな人間心理のヴァリエーションを主題にしている。人間は生きたいと欲するところから《魂》は限りなく死へ向かい、《死》を受け入れようとする仏教的諦観に到達したときに《生》へと向かう。つまり、囚人が自分の墓場を想い、審問官の姿も消え、七本の蠟燭（直感、霊性、聖性、知性の表徴）も消え、一切の生の希望を放擲して自分が幽霊となって「永劫の闇に包まれ、圧迫され、窒息する」瞬間にフランス軍に救済されるという。

これは人間が冥界と深く紐帯するときに《霊知》が働きかける心霊美学であって、人間は霊的に「死ぬこと」によって《生》を回復するのである。矛盾した表現ではあるが、現世《うつしよ》の《生》は前世（死者［先祖たち］の過去のすべて）の連続であり、《死》は現世の生の連続であるという信念は疑うべくもない観念であろう。さらに明察すれば現在が《死の世界》であり、死後が《生の世界》だということも幻想的には考えられるのである。

「メエルシュトレエムに呑まれて」における巨大な渦巻きは動的「グロッタ」の表徴として捉えることも可能だろう。メエルシュトレエムに巻き込まれて、船乗りたちが海中に吸収されていったが、たまたま円筒形の樽につかまっていた男だけが、アルキメデスの原理によって渦巻きの吸引力に対して抵抗力が大きく、命拾いしたという話である。実はポーが本当に描こうとしたのはこのような物理学ではない。深い淵のどん底にまで月の光が浸透しているとき「マホメット教徒が《時》と《永劫》をつなぐ唯一の道といっている狭い危うげな橋」のように雄大な虹を見たことから、男が救済されたのである。マホメット教では天国へいたる《橋》はいつも地獄の《深淵》の上にかかっているのである。男が虹を見たのは偶然ではなく、ポーがジョウゼフ＝グランヴィルの言葉を引用するように、「神の業《わざ》は摂理においても、自然の中においても、われわれ人間とは異なっており、その神の業《わざ》の深遠さ、計り難い力は人間と同日の談ではない。まさに神の業はデモクリトスの井戸よりも深い」からである。このような《神の業》こそ、ポー芸術におけるグロテスク的要素なのである。これと同じようなことが「壜の中の手記」にもいえる。科学の原理よりも「迷信の鬼火《イグネス・ファイア》」に真理を求め、「灰色の眼球は未来の神託」であったが故に、船の沈みゆく恐怖と船乗りの「希望の熱気」を伝えることができたのである。

グロテスクとユーモア　最後にグロテスクがユーモアと関係している二、三の作品を採り上げる。ここでいう「ユーモア」とは中世医学における四体液（黒胆汁、血、粘液、黄胆汁）の混合から生まれる気質のことである。黒胆汁は憂鬱、血は激情、粘液は冷淡・無気力、黄胆汁は短気のそれぞれの原因となっている。ポーの描く人物たちはこのようなユーモアをそなえていることは「ウィリアム・ウィルソン」「楕円形の肖像」「告げ口心臓」「ちんば蛙」などの例によって証明できる。

ウィリアム・ウィルソンは《夢》の中で生き、妄想と荒唐無稽な恐怖と謎の犠牲となって死に赴こうとしている。その原因は酒の力が遺伝的気質（黒胆汁と血）をつくり出したのであり、同名の人物を発見して自己不信に堕《お》ち《ちい》り、自分の敵と思われる別のウィルソンを短剣で刺し殺すという条理の中の不条理の世界を創造する。「楕円形の肖像」のモデルとなっている妻の死も、画家の体液は血と粘液であり、「告げ口心臓」で主人公の〈私〉が、爺さんの禿鷹のような眼に憎悪を抱いて殺害するということは、血と黄胆汁の気質に粘液がプラスされたものである。「ちんば蛙」において王とその臣下をオランウータンに仕立て、仮装舞踏会で観客の眼の前で焼き殺す道化師は血、粘液、黄胆汁をそなえた人物である。この作品はユーモアが人間の自然の気質であることを示した最もよい実例である。

ジョージ＝サンタナーヤは『美の感性』（一八九六）の中で次のように述べている。

何かしらユーモアに似たものが造形美術に見られることがあり、それをわれわれはグロテスクなものと呼ぶ。これは、一つの理想の形を、その特定要素を誇張するとか他の形と結びつけるとかして変形したときに生ずる興味ある結果である。これがもつ真の取柄は、すべての虚構の取柄と同じく、再創造、すなわち自然は所有しないが、自然が提供し得たと想像できるような事物を形づくることに存する。（中略）ケンタウロスやサテュロスはもはやグロテスクではない。それらは規範（中略）であるという場合も、本質的には同じ性質の現象であるとして認められている。

また、ある一個人がグロテスクである。

グロテスクが滑稽《コミック》にきわめて近いことは容易に想像される。滑稽のなかにも新しい観念と古い観念とが併存していて、新しいものが不毛な、想像もできぬものでない限り、それはいずれ精神に定着し、荒唐無稽ではなくなるのである。すぐれたグロテスクが目新しい美であるように、すぐれた機知は目新しい真理である。しかし創造物にはすべて自然の状態というものがあり、不具畸型をもって直ちに新しい形の創造だと思いあやまってはならない。(6)

まさにポーのグロテスクは造形美術が文学芸術に取って代わった世界であり、その幻想と想像力から生まれるグロテスク性が滑稽にきわめて近似し、それは「目新しい美」であると同時に「目新しい真理」の表現であったといえるのである。ポーのグロテスク芸術は古代ギリシアと古代ローマの装飾様式を念頭に置きながら、中世の悪魔と死の恐怖(7)を作品のモチーフに利用し、ルネサンスの人間復興と十八世紀イギリス・ロマン主義の思想を取り込んだ表現形式であったことを忘れてはならない。それ故にポーの作品をたんに「奇怪小説」とか「恐怖小説」という名で呼ぶことは間違いなのである。

II章　註

（1）この作品は全四巻から成り、第一巻が一八四五年、第二巻が一八四七年、第三巻が一八五〇年、第四巻が一八五八年に出版された。《自然》が内的な力（気候環境）によって動かされる一個の全体だとした理論である。ポーが『ユリイカ』を執筆したのが一八四七年から八年にかけてであるから『コスモス』の二巻までは読んだと思われる。

（2）マルキド＝ラプラス（一七四九～一八二七）はニュートン以来の天体力学を総括した『天体力学』五巻（一七九九～一八二五）の中で太陽系の生成を考察した《カント・ラプラスの星雲説》を展開した。

（3）「微風はさまよいながら、闇の、静かな小川のうえに消える」（シェリー「インディアン・セレナード」）。「悲しみが消えてもなお、闇の木立が悲しく残る。死者を弔う人だけが！」（バイロン「異端者」）

（4）グロテスクの語源、意味の発達についてはアーサー＝クレイバラー、河野徹、上島建吉、佐野雅彦訳『グロテスクの系譜——英文学的考察』（法政大学出版局、一九七一年）を参照。

（5）グリフィンは鷲の頭、ライオンの胴体に翼をつけている。ロックはアラビア伝説に語られる大怪鳥。スフィンクスは人頭とライオンの胴体。カイミーラはライオンの頭と山羊の胴体。ケンタウロスは人間の頭と馬の胴体。

（6）前出『グロテスクの系譜』、一三頁～一三頁。George Santayana, *The Sense of Beauty* (London, 1896), pp.256-58.

（7）「中世の芸術家たちは《死》を生者の亡霊ないし影、肉身の人間の写し、鏡の中の映像と表象することを好んだ」。——V＝ジャンケレヴィッチ、仲沢紀雄訳『死』（みすず書房、一九七八年）。ポーの描く《死》もこうした中世的表現なのである。

III 詩における愛と美の讃歌

一　プラトニズムの《愛《エロス》》

プラトンの愛《エロス》が人間を徳へと導き、美しき生命の源泉であるように、ポーの女性への愛《エロス》は美の追求者、つまり心霊的美（魂の不滅）と理性《ヌース》の情熱を兼ねそなえている《知への憧憬》を意味していた。愛《エロス》は美の奉仕者であり、美は愛《エロス》によって翼をもつ魂へと変容する。では、そのような《美》が最も光彩を放つのはどのようなときであろうか。それは《美》が死と結びつくときである。ポー芸術の中核をなしている《死》はあらゆる憂鬱《メランコリー》の中で最も憂鬱な主題であり、この憂鬱な主題が最も詩的であるのは、それが《美》と密接に結びついているときである。つまり「ひとりの美人の死は、まぎれもなく、この世の最も詩的な主題であり、また、そのような主題は、恋人と死別した男の口から語られてこそ最も似つかわしいものである」（「詩作の哲理」）とポーはいう。

美人の死

ポーの語る「美人の死」とは肉体的美の所有者のみを指すのではなく、霊的な知性に輝いている女性をも意味していた。この知性的人間とは学問とか教養をもつ知者と無知な人間の中間に位置する《愛智者《フィロソファーンテス》》のことであり、愛智者こそプラトンのいう《美を求める愛《エロス》》であると同時に、愛《エロス》とは《偉大な神霊《ダイモーン》》の謂である。この《神霊》をポーが芸術の基礎に据えることによってライジーアやモレラに霊知《グノーシス》を付与させることができた。
ライジーア、モレラ、アフロディーテが《愛智者《フィロソフーンテス》》であることは、既に述べたように霊魂《アニマ》の復活によって証明されるが、本章では主に詩作品における愛と美を中心に考察してみよう。

人世の秘鑰
——恋　愛

「ヘレンの君へ」を中心とするポーの愛の讃歌は、そのメロディの美しさと調和して詩人の涙を誘い、また読者も、否、その詩を耳にする者は愛することの美しさと同時に、愛することの悲しさを知る。愛することから憂いが生まれ、愛することから恐れが生まれる。愛する人と逢うな、愛することを求めなければ憂いも恐れも悲しみもない、と教えたのはブッダである。しかし、ポーは敢然として愛することの人生を選択したのである。

　ポーの人生における愛の目ざめは「ポーの生涯」の中でふれたように、少年期におけるポーの友人の母親スタナード夫人への無心にして純粋な愛であった。この美しい未亡人を古代のギリシアのケニヤの小舟に乗せて、ポーは「プシューケの美神」に譬え、その典雅の顔容《おもて》と水の妖精《ナイアド》の容姿を空想しながら、スタナード夫人を「そは、ありし日のギリシアの栄光《ひかり》」「そは、ありし日のローマの壮麗《さかり》」と絶讃したのである。三十一歳の若さでこの世から生命を失ったスタナード夫人に、十五歳のポー少年が永遠の魂と美を復活させることができたのは一行一句の言葉ではなかった。それは亡き人を想うという心霊的存在としての《霊力》である。言葉などは空虚である。欺瞞である。ポーが確信したものは、霊魂の奥地からほとばしり出る《幻魔の力《デモーニック・パワー》》（神霊的神秘力）そのものであった。

「恋愛とは人世の秘鑰《ひやく》なり、恋愛ありて後《のち》人世あり、恋愛を抽《ぬ》き去りたらむには人世何の色味《あじわい》かあらむ」（北村透谷）。ポーは恋愛をもって「人世の秘鑰」として定め、人世の秘密を解く鍵としての恋愛詩を書き始めたのである。

愛の偶像を求めて

ポーは十八歳のとき発表した「タマレーン」の中で、初恋の女性エルマイラを失った悲しみを、ジンギスハーン一族の血をひくティムール帝（一三三六～一四〇五）の事蹟を追いかけながら専制君主の栄光の上に霊妙にして空虚な、巫呪《ふじゅ》の弔いの鐘を響かせる。ティムール帝は一三六六年サマルカンドの支配権を握って以降、一三七〇年にマーワランナフルを侵略、中央アジア・西アジアに大帝国を築き、さらに一四〇〇年にシヴァス、アレッポ、ダマスカスを占領、一四〇二年には中国遠征を命ずるが目的を果たさず、一四〇五年オトラルで死亡した。半世紀にわたるティムール帝国も、幾多の戦を経てやがて滅び去ることは諸行無常の鐘の声によって、盛者必衰の理《ことわり》であることを誰もが知っている。十八歳のポーがこうした史実を詩にうたったことが偉大なのではない。ティムール帝の少年期の情熱と鉄のような心が、女の弱さの虜になっていたことの苦しみを、痛烈に自分の人生の予告として明示していることである。ティムールが愛した女性の顔容《おもて》は人の世の美しさを遙かに越えた《天上の美》をそなえて、愛を受けるにふさわしく、天使たちさえ羨望するものがある。

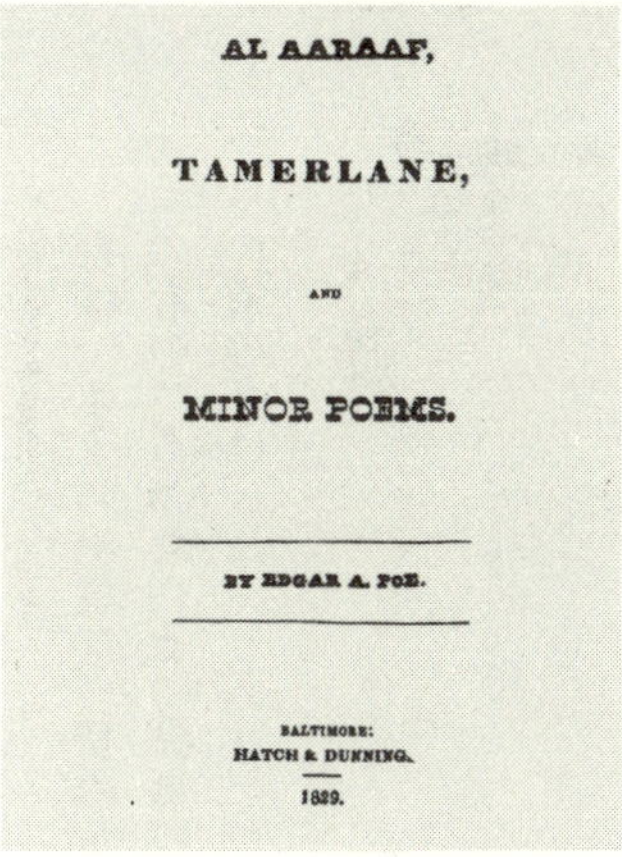
AL AARAAF,

TAMERLANE,

AND

MINOR POEMS.

BY EDGAR A. POE.

BALTIMORE:
HATCH & DUNNING.
1829.

「アル・アーラーフ、タマレーン、及び小物語集」

こうして「私たちは成長し、互いに愛し合った」と詩うとき、ポーは自らの魂に血の涙を注ぎ込み「現世《うつしよ》のとらえがたい虚無」「夜の精神の混沌」へ投げ込まれる。白い月が中天に浮かび、ほの白き月光が彼女の冷々とした顔に流れるときは「死者を描いた肖像画」であった。エルマイラを失ったポーは彼女の死の肖像画を胸に秘めつつ、コーランの魔王エブリスを恨むのである。そしてエブリス王が「あらゆる人間の通る路にワナ（snare）」を仕掛けていた如く、ポーは《愛の偶像》を求めて聖なる森の中をさ迷った。それはダンテが『神曲』の冒頭で告白したような死の苦しみであったろう。[1] そればかりか、ポーにはダンテのようにウェルギリウスに出逢うことは生涯なかった。出逢うことがなければ天上に愛を求めよ。チコ＝ブラーエが発見した、あの「アル・アーラーフ」に《美》と《愛》を求め、そこにある狂気の花・ザンテ（ヒヤシンス）やヴァリスネリアン・ロータス（ハス）に身を沈め、天界の精霊を友にして、天体の音楽と共に乙女たちの歌に耳を傾けよう。

天空をポーは凝視する。そのとき、天空から光線が降りそそぎ、小さな羽虫さえもこの眼光に囚えられる。そのとき《野心》がそっとしのび込み、《愛の女神》のもつれた髪の毛の中でどうして跳ねたり、哄笑したりすることができようか。「タマレーン」はこのような詩句で結ばれているが、「哄笑」することで人生の絶望をきり抜けてきたニーチェに比べれば、ポーの絶望は一切の希望も、未来もない虚無の実存、否、実存することの虚無の中の虚無そのものであった。その虚無の実体を詩ったものが「大鴉」であり、そこにたどりつく十八年の歳月の道のりは、長くもあり、かつ短いものであった。

二　夢の中の幻想と愛

「臨終の時」

ポーにとって愛を失うことは「臨終」と同義であった。ポーが生涯に捧げた愛はスタナード夫人をはじめ、エルマイラ、ヴァジーニア、シュウ夫人、ホイットマン夫人、アニー＝リッチモンド夫人、シェルトン夫人（エルマイラ）などであったが、いずれもポーの魂を癒す《愛》《エロス》ではなかった。そのためポーは「タマレーン」の最初の一行を「臨終の時のやさしい慰め！」（Kind solace in a dying hour!）で始めている。この「臨終の時」をポーは己の宿命として即座に認めることができない故に、このすぐあとに「そのことは（いま）私の主題《テーマ》ではない」と語るのである。

エルマイラとの愛が終わった時、ポーはアレグザンダー＝B＝シェルトンと結婚してゆくエルマイラを空想して「君の結婚式の日に、君が頬を紅に染める乙女のはじらい。幸福は君を包み、君の燃える心が男の胸をかきたてる。世界はすべて愛の始まり」（「小曲」）と詩うのだった。失望、悲嘆、苦痛、孤愁、そして病める魂が腐った地面から顔を出し、腹の下から真青な血を流す。萩原朔太郎ではないが、猫の死骸のように、朝のつめたい臥床の中で、憂愁の声をあげる。「恋人よ、恋人よ、私の心は病みたる心霊、墓場のかげをさまよいあるくアル中患者です。母上よ、母上よ、早くきて灯《ともしび》の光を消してよ」(2)。ポーの母上エリザベスは遠い地角のはての墓場から、青い影をたち昇らせながら、風の声のように応えるは「ネヴァーモア」。悲しい月夜のことである。

生きて悲嘆の渦に沈むなら、せめて夢の中で恋人の匂ひをかんじよう。「薄暮のほの白いうれいのやうに/はるかに幽かな湖水をながめ/はるばるさみしい麓をたどつて/見しらぬ遠見の山の峠に/あなたはひとり道にまよふ　道にまよふ」(萩原朔太郎「夢」)。この詩句がポーの心境を見事に描いていることに読者は驚くであろう。

悲しき幻影——夢　ポーはかくして「くさぐさの夢」「一つの夢」「夢の中の夢」・「夢の国」のように《夢》の中に死者の愛を追い求める。また、夢の中に「死の国」を見て、希望の光を追い求める、悲しき幻影。そしてポーは哀愁の声をあげる。

あゝ、わが青春は尽き果てぬ夢であれ!
わが精霊は目覚めずに、永遠の光が
朝をもたらす時までは。
然り!　その夜長の夢は希望《のぞみ》なき悲しみなれど
目覚めたのちの悲しい冷酷な現世《うつしよ》より
この美しき地上にあって

心の乱れる情熱を　生を受けしこのかた
いまもなお心に抱く者にとっては。
（中略）
くさぐさの夢よ！　生命《いのち》を色彩《いろ》に包む夢の中
されど幻影《まぼろし》は現世《うつしよ》の束の間に影と消え
霧のような戦《おののき》に似ようとも、恍惚とした眼《まなこ》には
《天国》と《愛》の美しさはわがものぞ！
若き日の《希望《のぞみ》》とは最も輝く時にこそ
知られざる甘美な贈物。　（「くさぐさの夢」）

ポーは現実の悲哀から訣別する唯一の方法として夢の中の安らぎを求めたのである。ポー詩における《夢》は実際に夢を見たことの詩化ではなく、夢見るかのように現世から魂を超脱させる行為のことであるから、フロイトのような『夢判断』を即座に適用することは危険であろう。もちろん、夢は人類が発生してから睡眠状態の中で見ることによってギリシア時代から夢に関する論文があり、その文献はすでにフロイトが発表しているが、グルッペの『ギリシアの神話と宗教史』にはマクロビウスとアルテミドロスの夢の分類が紹介されている。

夢は分けて二種類とされた。第一の部類はただ現在（ないしは過去）によってのみ影響を受けているが、未来に対しては何の意義をも持たない。こういう夢は、飢えであるとか飢えをいやすことであるとかいうような、与えられた表象あるいはその反対表象を直接に再現するところの半睡状態と、夢魔とか、うなされることであるとかいうように、与えられた表象を空想的に拡大する幻想とを含む。第二の部類は未来に関する夢とされ、（一）夢の中で受ける直接の予言、（二）目前に迫った出来事の予言、（三）象徴的な、夢判断を必要とする夢などがこれに属する。[3]

夢が現実の生活と深い関係にあることは否定することはできないが、ポーの場合、空想力が自己を半睡状態にさせつつ「表象を空想的に拡大する幻想」へと変化させるのである。自己を半睡状態にさせる空想力はしばしばアルコール類の力を借りる場合があるが、ポーは幻想によって美の表現に生命を賭け、その幻想を現実化しようとしていたのである。それがプラトン的愛《エロス》、つまり美しい肉体に対して愛を感じ、次に心霊的美しさに向かい、さらに人間生活に不可欠な学問や制度・慣習のすべてを含む一切の美のイデアに到達したとき、はじめて《愛《エロス》》は完成する。このようにポーの《夢》は潜在的魂（愛への願望）による自己表現であった。

冥界にさまよう詩人の魂

「夢の中の夢」という詩でも、恋人との別離を夢の中で夢見るポーの姿がある。恋人に自分の口づけを受けてくれと懇願し、過ぎ去りしあの日（エルマイラとシエルトンとの結婚）が間違いであって欲しいと虚しく想いつつ、ある海辺にポーは立つ。

波涛の轟《とどろ》きの前にわれ立ちて
荒磯さわぐ海辺にて、
わが手に握るは
黄金《こがね》の砂子《さいこ》――
なんと少ない砂子《さいこ》か！　おちこちと
わが指から海深く消えゆくよ
わが流れる涙、流るるままにまに！
お、、神さま！　もっとしっかりと
この砂子《さいこ》をつかめないのでしょうか？
お、、神さま！　せめて一粒の砂子を
無情の海から拾い上げることが？
いま視える万象は
夢幻のはかなさなのでしょうか？

ポーの魂は海辺にさすらい、「一粒の黄金《こがね》の砂子《さいこ》」に希望をつなぐが、その想いも打ちくだかれる。その夢幻のはかなさは止めようがなかった。この詩は『一握《いちあく》の砂』に収録されている石川啄木の「我を愛する歌」を想起させるものがある。[4]

東海の小島の磯の白砂に／われ泣きぬれて／蟹とたはむる
砂山の砂に腹這ひ／初恋の／いたみを遠くおもひ出づる日
いのちなき砂のかなしさよ／さらさらと／握れば指のあひだより落つ

恋人堀合節子を想う啄木の心境を砂のかなしさに比喩するところ、詩人の感性が洋の東西を問わず、かくも一致するとは興味深いものがある。しかし、啄木は節子を妻に迎えることができたが、ポーは失恋の悲しみから救われることはなかった。そのため、失恋はポーの寂しい魂を「極北の仄暗き最果て《テューレ》の国」に鎖《つな》ぐとき、憂愁の僻地に往還する屍衣をつけた妖怪《エイドロン》にポーは出逢うのである。《死の闇》と名付けられた妖怪は「黒き玉座」につき、悪鬼《グール》の一族と共に住むという。「夢の国」はポーの霊界であり、悲嘆する魂にとって「平和と慰めの国」、蒼白き精霊にとって「黄金郷《エルドラード》」でさえあった。この「黄金郷《エルドラード》」は後に一編の独立した詩として一八四九年に発表されていることを考えると、ポーは生涯、冥界の旅を続けてきたことが判然とする。

天界によせる憧憬

この「黄金郷」は一人の雄々しい騎士が黄金郷を捜し求める巡礼の旅であるが、ポー自身が魂の救済を願う旅でもあったろう。しかし、ここに至るまでには「ウラリューム——バラッド」に見るように、荒涼とした薄暗きオーバーの沼沢や霧立ち込めるウィアの森にさ迷うポーの魂が美神《プシューケ》の漂泊《さすら》う糸杉の小道を通り、そして冥界で、新月の光芒、明の明星《アシュタルテ》の幽光を浴びて、そこには肉体と霊魂の対話という中世的テーマが揺曳している。この詩は「夢の国」と同様にポーの霊知への憧れと霊魂の郷愁をうたったものである。天界へ昇りつつある《私の魂》が獅子座を通過して行くと美神《プシューケ》と出逢い、《希望》と《美》に輝きわたる天空を飛翔するうちに、一つの墓の扉に到着した。その扉に「ウラリューム！　これはあなたの亡きウラリュームの墓なるぞ！」と碑銘が刻まれていた。その時、《私の心》は灰燼と化し、重々しい気分となって叫んだ——「確か去年の十月の今宵に私はここに旅して、悪霊《グール》に誘い込まれたのはここオーバーの沼沢だった」と。ところが、今宵、二人が行く道を森に住む悪鬼の一族が恋路を邪魔したのである。

幻の遊星アシュタルテを曳きあげて、
　月世界の魂たちの住む冥界から
この罪深い輝《きらめ》く遊星を曳きあげたのか
　星の世界の魂たちの住む《地獄》から？

こうして天界に求めたポーの幻の恋路すら叶うことはできない。ウラリュームとは亡き愛妻ヴァジーニアのことであろうか。天界に亡霊を求めても、ひとたび失った愛は再び戻らない。かくしてポーは完璧な虚無の実体を描くのである。この詩は静かにポーの霊魂が影のように流れて上昇する天界への郷愁、遠い世界への涙ぐましい心霊的存在への憧憬《あこがれ》であった。

ポーと朔太郎

わが萩原朔太郎には「沼沢地方――Ula と呼べる女に」という詩があって次のようにうたっている。

蛙どものむらがってゐる
さびしい沼沢地方をめぐりあるいた。
日は空に寒く
どこでもぬかるみがじめじめした道につづいた。
わたしは獣《けだもの》のやうに靴をひきずり
あるいは悲しげなる部落をたづねて
だらしもなく　懶惰《らんだ》のおそろしい夢におぼれた。

ああ　浦！
もうぼくたちの別れをつげよう
あひびきの日の木小屋のほとりで
おまへは恐れにちぢまり　猫の子のやうにふるへてゐた。
あの灰色の空の下で
いつでも時計のやうに鳴つてゐる
浦！
ふしぎなさびしい心臓よ。
Ula!　ふたたび去りてまた逢ふ時もないのに。

朔太郎がうたった「浦」という女性は「ウラリューム」から借用されたものである。[5]ポーが悲しい愛妻のイメージを追い求め、朔太郎もまた「浦は私のリジアであった」と語るように、朔太郎はポーの寂しい霊魂を愛し、ウラリューム、レノーアが重なり合って、荒涼とした、憂愁と悲哀の音楽が奏でられたのである。「ドストエフスキイは厖大の闇である。ニイチェは天に届く高塔である。ポオは底の知れない深潭である。この三人は宇宙の驚異で、人力の及び得ない天才である」（「偉大なる教師たち」『絶望の逃走』）と語る朔太郎にとって、ポーは朔太郎の芸術を支配し、魂と感情を与えていく魔法の横笛であった。こうして、朔太郎の浪漫主義は完成した。そして、朔太郎の浪漫派の正統主義はポーのような抒情詩に基づくものであると『詩の原理』の中で述べている。

> 詩の中での純詩と言ふべきものは、ポオの明言したる如く抒情詩の外にない。(「実に詩といふべきものは抒情詩の外になし。」ポオ)。他はすべてその反語であり、逆説であるにすぎないのだ。(略)若しポオの言葉を附説すれば、「実に抒情詩といふべきものは恋愛詩の外になし」で、これを主張した浪漫派こそ、正しく詩派の中での正統主義であったのだ。

「アナベル・リイ」

朔太郎の言を俟つまでもなく、ポーの抒情詩は恋愛至上主義というべきものが内包されている。ポーの恋愛詩には失恋を痛むものと、愛妻ヴァジーニアを失った者の悲嘆《なげき》を詩ったものがあるが、特にヴァジーニアの病死後にうたった「アナベル・リイ」はその旋律《メロディー》とリズミカルな音響《ひびき》と共に聞くものの涙を誘う。

海辺のある王国に愛《いと》しい乙女アナベル・リイが住んでいて、幼い身でありながら私と深い愛によって結ばれた。熾天使も羨望するほどの幸福な日々を過ごしていたのに、ある日「層雲裂け、疾風、夜陰に走り」ついにアナベル・リイは凍死した。このことは厳寒の真冬に愛妻ヴァジーニアが凍死も同様に死亡していった無念をポーがうたったのであろうか。

六スタンザのうち、最後の第五、第六スタンザにはこう描かれている。

愛すれば、愛の絆も強からん
　そは老いたる者に勝《まさ》るもの
　そはあまたの賢者に勝るもの
天界に住みし天使らも
海底深き悪魔らも
わが魂《こころ》を引き離すことは叶《かな》わぬことぞ
　美麗《うるわ》しきアナベル・リイの魂《こころ》から。

霊光　天に煌々《こうこう》と　わが夢に浮かぶもの
　美麗《うるわ》しきアナベル・リイの容姿《すがた》なり
満天の星雲《せいうん》煌《き》らくと君の瞳は
あゝ　美麗《うるわ》しきアナベル・リイよ
わが身を君に捧げん　万夜の尽きるまで
　恋人よ――恋人よ――わが生命《いのち》、わが花嫁よ
　海辺の君が墳墓のお近くに
　潮騒の君が奥津城《おくつき》のお近くに。

神霊の発現

ポーの美の観念《イデー》は美しきものの死（者）に絶対者の価値を付与することである。ヘーゲルにとって観念《イデー》が絶対者であると同様に、《美》の観念《イデー》はすべて現実的想念に結びつくのである。それは、すべて存在するもののうちにのみ観念《イデー》が実現されているからである。宇宙とは実在的なものと観念的なものとの平衡ではなく、観念が非現実的な抽象体でなくなるために、自己を展開して多様な諸形態となった実在である。しかも観念はこれらの諸形態のうちで自分を見失うことなく、自分自身を思考する意識的な理念としてポー自身の本質にかなった姿をとって存在するために、ヴァジーニアに対する想《ヴィジョン》いはポーの精神を再び自己へと回帰させる。このような精神の自己回帰の運動がポーの感性に直結したとき、そこに純粋芸術としての詩が生まれるのである。このように、詩が前進する魂による《愛《エロス》》の表現となったとき、はじめて人の心を捉えることができる。それを神霊の発現という。

神霊の発現が芸術の核心であるとすれば、魂から放射する音楽がライジーアを静寂《しじま》に眠らせ、アンジェロの恋を燃えあがらせることができる（「アル・アーラーフ」）。あるいはアイリーンの霊魂に幽玄の月光を贈り、天国が乙女を聖なる奥津城に守ってくれる（「眠る美女」）。こうした想《ヴィジョン》いによってポーは詩人としての自己の魂を動かすのである。

プラトンは『パイドロス』の中で次のように述べている。

> 魂はすべて不死なるものである。なぜならば、常に動いてやまぬものは、不死なるものである

から。しかるに、他のものを動かしながらも、また他のものによって動かされるところのものは、動くのをやめることがあり、ひいてはそのとき、生きることをやめる。したがって、ただ自己自身を動かすもののみが、自己自身を見すてることがない。（藤沢令夫訳）

ポーもさまに愛する者に対しては「自己自身を動かす」ことを止めなかったのである。アナベル・リイの死後も魂の紐帯を願って、うるわしく潮騒のきこえる奥津城《おくつき》の近くに己が魂を据えようという美の観念こそ、ポーによる心霊的存在への知覚であった。

ポーは生涯、エンデュミオーンのような青年でありたかった。永遠の若さと、永遠の眠りをゼウスの神に申し出たエンデュミオーンは、その願いが叶って眠り続けたが、毎晩のように月の女神が訪ねてきて五十人の娘をもうけたという。ポーは夫婦愛と心の廃墟を往還し、ひたすら《夢》の中でしかエンデュミオーンを演ずることができなかったのである。

天使イズラフェルの歌声　このように、現実の充たされることのない愛のかなしさを《夢》につなぎ、あるいは未知なる《天界》に希望《のぞみ》をたくすること、これこそがポーにとって美しい冥界幻想であり、天上の美への憧憬であった。月の女神ダイアナは銀の戦車に乗って夜空を駆けめぐるという「神秘の力」によって、若い恋人たちの守護神となったという。そしてポーも天界を駆けめぐるのである。

天上の美を主題にした代表的な詩「イズラフェル」は「アル・アーラーフ」「ユーラリイ」と共にポーの傑作に数えることができる。

「イズラフェル」には次のようなエピグラーフが掲げられている。

《されど天使イズラフェル　心の琴線は　琵琶《リユート》なるぞ　さてまた歌声は　大神の創造したものなりせば　なべて美麗《うるわ》しきものなるよ》

聖霊が天界を住処とし、天使イズラフェルの歌声によって、月までが心を奪われ、恋心を抱くほど竪琴《ライル》の音響《ひびき》は美しい。こうして天使イズラフェルは《愛》こそ心の神、《完璧な美》の姿と信じるが故に、天国は永遠《とこしえ》の生命が与えられることになる。八スタンザの最後の第六、七、八スタンザを紹介してみよう。

天国は恍惚忘我に満ち溢れ
汝《な》が熱き音調《しらべ》を共にして
汝が悲嘆、歓喜、憎悪と愛深く
汝が琵琶《リユート》の音色うるわしく
よし、星群の姿は静寂《しず》かなり。

いま、天国は汝《な》が主《ぬし》なれども、この世は
甘美と酸苦の世界なり、
われらの花のくさぐさは――花にすぎぬよ
こぞ汝が幸福《さいわい》の極致の影こそ
われらの幸福《さいわい》の光なり。

もしわれがイズラフェルの住みし
所に住みたれば
またイズラフェルがわが地上に降《くだ》るなら
あの美しき歌声も消え去らん
その死の運命《さだめ》の旋律《メロディー》も、
されど雄雄しき調《ノート》べかろやかに、低く奏でん
天界の琵琶《リュート》の楽章《うたごえ》。

ウラノスのヴィーナス　ポーが天上の美と音楽に全身全霊を捧げるとき、天上の楽園の幻が芒洋と映え、スバルの七星が皎々と光り輝くとき、エンデュミオーンが天空から見おろしてくれることを幸いとしたのである（「セレナーデ」）。天上の美についてポーは「詩の原理」の中で次のように

語ったことがある。

私の目的は、詩の原理自体がそのまま直ちに天上の美 Supernal Beauty を求める人間の願望であることと、この原理の顕《あら》われは常に魂を高揚する興奮の中に見出されるものであって、それは心情の陶酔である情熱や、理性の満足であるあの真理とは全く別のものであるということを示すことにあった。なぜなら、情熱に関して言えば、それは魂を高揚するよりは寧ろ堕落させる傾向があるからだ。これに反して、愛――真実の、聖なるエロスとしての愛、アフロディーテのヴィーナスとは峻別されるべきウラノス（天）のヴィーナスは、紛れもなくあらゆる詩の主題の中で純粋かつ真実のものである。

「心情の陶酔である情熱」は魂を堕落させる。そのためにこそポーが「ウラノス（天）のヴィーナス」を重視するのは《徳》のために好意を示す天の女神が母をもたず、《万人向き《パンデモス》のもの》と区別したことに同感したからである。このウラノスは天の法則によって《絶対知》の象徴であるばかりか、宇宙における神、エマソンがいみじくも語った《大霊》（Over-Soul）に等しい。ポーの霊魂がこのウラノスによって天界へ導かれて、聖なるエロスの愛と合体したとき、はじめて《天上の美》は成就する。

ではこのウラノス（Uranus）とは何であるのか。それは古代インドの『リグ・ヴェーダ』にみる天の女神ウシャス（Uṣas）および、天界の秩序を維持する《天則《リタ》》（ṛta）を意味していた。それゆえに天界の女神ウラノスは天則に従い、闇を追放して光明を創造する女神である。

『リグ・ヴェーダ』を生んだアリアン古代文明は古代ギリシアより約千年も早く、この精神文明は後に中国、日本、ペルシア、ギリシア、イタリアへ伝えられ、さらにギリシア哲学や神話の一部分が旧約聖書の中に収斂されて中世に至った。そして、さらにルネサンス期には再びネオ・プラトニストたちによってギリシア文明への関心が高められたが、ポーにいたって再び、人間が天空の星辰と地上の運命に深く係わることを自分の芸術作品の中に表明したのである。

三　「天体の音楽」

宇宙がかなでる神秘の音楽　ポーは「天体の音楽」にある種の霊力を感じ取っていた。それは「エイロスとカルミオンとの対話」のように冥界における霊魂の対話をはじめ、「約束ごと」に挿入されている「愛の詩」の「ああ、悲し！　わが身は、生命《いのち》の光を消さんとす、悲哀《あわれ》なり、悲哀《あわれ》なり」という声が天界の静寂の海に反響する。あるいは「アルンハイムの地所」の中で〈私〉が楽園へ赴く途中で聴えてくる「美しい調べ」は「天体の音楽」であろう。さらにまた「ライジーア」の中で、ライジーアが死の数日前に作った詩の一節に次のようなものがある。

見よ、今宵の祝祭《まつり》は
寂しき末世の時ぞ！
ヴェールをつけた翼の天使が
涙して訪れ、
いま桟敷《さじき》にて観《なが》むれば
希望《のぞみ》と恐怖《おそれ》の芝居なり

かたやオーケストラが奏でる良き調べは
天体の音楽なるよ。

自分の死を自覚したライジーアが、死後に天界に赴くことを願いつつ、「天体の音楽」によって自らの精霊を救済したいと願っている。この「天体の音楽」について、ポーは次のように解説する。

「天体の音楽」

詩人、それから殊に、雄弁家が好んで使う、「天体の音楽」という言葉は、プラトンの使った μουσικη《ムウジケ》という言葉の誤解から来るものである。アテナイ人は此の言葉を、節《ふし》 tune と時 time の調和のみならず、凡て釣合 proportion の意味に使って居たのである。だからプラトンが、霊魂の最上の教育法として music を薦めた時、彼は純粋理性の涵養に対して、趣味の涵養を提唱したのである。故に〝music of the spheres〟にしても、それは天体運行の諸法則の符合、或いは釣合を指すのであって、我々の言う music の意味は少しもない。μουσικη から由来する言葉「モザイク」も、同じように、モザイク芸術に於いて重んぜらるべき色の釣合、或いは調和を意味して居るのである。(『マルジナリア』)

「天体の音楽」という言葉はピタゴラスの創見によるものであるが、ピタゴラスの重視した四大学科は音楽、天文学、幾何学、数論であり、このうち音楽を最大の学科とした。宇宙には七つの惑星（日、月、火、水、木、金、土）があって地球の周囲を同心円で回転する。そしてその各々の同心円は地球軸に固定されているから、七つの惑星はまるで巨大な七弦琴のように、惑星の運行に従って空気が振動しつつ妙音を発するとピタゴラスは言う。惑星の回転の重複から生ずる快い音楽を「天体の音楽」と呼んだピタゴラスは、精妙な快音を楽しむことのできた神秘学者であり、ウラノス（宇宙と大地）、コスモス（天球）、オリュンポス（神々の宮殿）の三つをすべて球体と考えた。

ポーが関心を抱くのは、このようなピタゴラスの「天体の音楽」である。プラトンは、これを「ムウジケ」と一語に要約したが、要するに「音楽」というのは「天体運行の諸法則の符合、あるいは釣合」によって、宇宙の空間と時間の調和とバランスが決定されることなのである。このような天体へ霊魂を振動させていくこと、つまり「天体の音楽」へ自己の霊魂を合体させてゆくことによって、「趣味の涵養」をプラトンは提唱した。彼の『パイドン』における霊魂不滅説は、天体の音楽と深く紐帯していたのであり、詩人としてのポーの、例えば「大鴉」における大鴉の発する“Nevermore”もプラトンの「ムウジケ」と無関係ではない(6)。

四　「大鴉」の幻魔の思想

ポーの詩芸術における《愛》と《美》の極致を一つの思想表現として表明したものが「大鴉」（十八スタンザ）である。

絶望と再生

ある侘しい夜半に主人公である「私」が数多の奇書に読み耽るところからこの物語詩は始まる。「私」はおそらく古典を学ぶ若き青年であるが、恋人レノーアを失い、その悲嘆《かなしみ》を忘れようと読書に熱中しているうちに微睡《まどろ》むのである。すると戸口《ドア》の打音《おと》が軽やかに響き、部屋の紫紅のカーテンから絹ずれの、妖しい泣き声のようなものが聞こえてくる。青年は戸口《ドア》を開けて外界を眺めるが闇の帳《とばり》に包まれて、沈黙《しじま》を破るものは何もない。しかし、幽風によって、微かに聞こえるものは「レノーア」（Lenore）。なぜ「レノーア」の声が聞こえてくるのであろうか。それは失意の青年が《絶望》しているからである。キルケゴールの言う「死にいたる病」に憑かれているからである。

キルケゴールによると「絶望とは精神における病、自己における病であり、したがってそれには三つの場合がある。絶望して、自己自身であることを自覚していない場合。絶望して、自己自身であろうと欲しない場合。絶望して、自己自身であろうと欲する場合である。前二者は自己が世界と断絶して死ぬことの意味すら認識できない。ポーの絶望は最後のものである。絶望することによって自己自身を《天界の神》のうちに再生しようとするから、不安とか憂愁に囚われてはいるが、已が意志の強さを証明している。このような意志の強靭さが自己自身を動かすプラトン的《神霊《ダイモーン》》となり、あるいは「デモクリトスの井戸」よりも深い《霊知》を手に入れるのである。この《神霊》や「デモクリトスの井戸」の振動を「天体の音楽」と呼ぶのである。

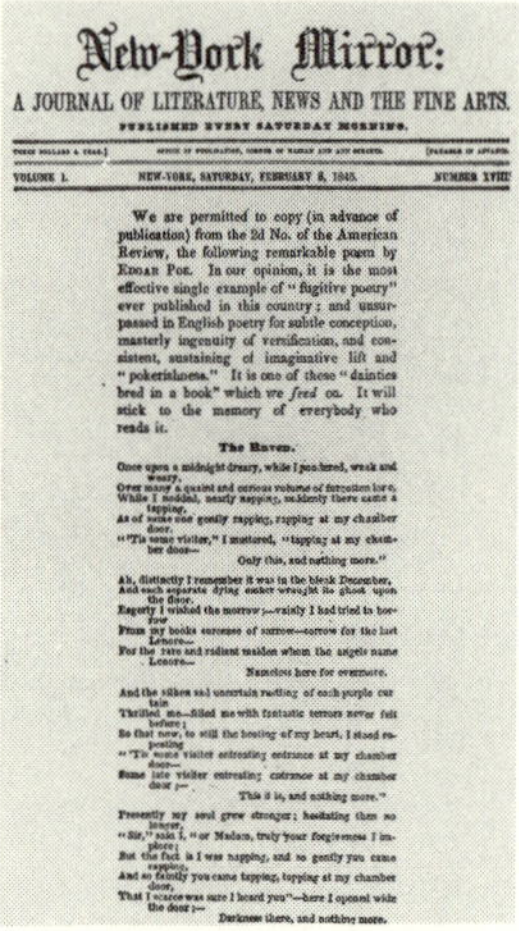

New-York Mirror:
A JOURNAL OF LITERATURE, NEWS AND THE FINE ARTS.
PUBLISHED EVERY SATURDAY MORNING.

VOLUME I. NEW-YORK, SATURDAY, FEBRUARY 8, 1845. NUMBER XVIII

We are permitted to copy (in advance of publication) from the 2d No. of the American Review, the following remarkable poem by Edgar Poe. In our opinion, it is the most effective single example of "fugitive poetry" ever published in this country; and unsurpassed in English poetry for subtle conception, masterly ingenuity of versification, and consistent, sustaining of imaginative lift and "pokerishness." It is one of these "dainties bred in a book" which we *feed* on. It will stick to the memory of everybody who reads it.

The Raven.

Once upon a midnight dreary, while I pondered, weak and weary,
Over many a quaint and curious volume of forgotten lore,
While I nodded, nearly napping, suddenly there came a tapping,
As of some one gently rapping, rapping at my chamber door.
"'Tis some visiter," I muttered, "tapping at my chamber door—
Only this, and nothing more."

Ah, distinctly I remember it was in the bleak December,
And each separate dying ember wrought its ghost upon the floor.
Eagerly I wished the morrow;—vainly I had tried to borrow
From my books surcease of sorrow—sorrow for the lost Lenore—
For the rare and radiant maiden whom the angels name Lenore—
Nameless here for evermore.

And the silken and uncertain rustling of each purple curtain
Thrilled me—filled me with fantastic terrors never felt before;
So that now, to still the beating of my heart, I stood repeating
"'Tis some visiter entreating entrance at my chamber door—
Some late visiter entreating entrance at my chamber door;—
This it is, and nothing more."

Presently my soul grew stronger; hesitating then no longer,
"Sir," said I, "or Madam, truly your forgiveness I implore;
But the fact is I was napping, and so gently you came rapping,
And so faintly you came tapping, tapping at my chamber door,
That I scarce was sure I heard you"—here I opened wide the door;—
Darkness there, and nothing more.

「大鴉」掲載の「ニューヨーク・ミラー」誌

　不思議に思う青年は次に鎧窓をさっと開けると、すさまじい音をたてて大鴉が闖入し、戸口《ドア》の上にあるパラスの胸像（《知》の女神）の上に止まった。この黒檀色の大鴉は太古の、聖なる鳥のように荘重にして偉厳のある容顔《すがた》をしていた。驚いた青年はこの恐ろしい大鴉と対話を始める。「太古の大鴉よ、《夜の岸辺》から流浪して、《夜の冥界《プルート》の国》では、汝《な》が王国の名を何と呼ぶのか！」しかし、大鴉は答えた――「ネヴァーモア（“Nevermore”）」。

　大鴉が言葉を返したことを不思議に思った青年は、もちろん、その「ネヴァーモア」の真実の意味はわからない。しかし、この一語に迷妄しながら、ビロードの褥《しとね》の椅子に身を沈める青年はこの大鴉が「凶鳥」ではないかと考え、「魔物め！」と叫ぶが、いや「預言者か」とすら思う。その後「レノーアの想いを断つ忘れ薬を飲んで、亡きレノーアを忘れよというのか！」「ギリアドの山に鎮痛の乳香があるかを教えよ」と尋ねるが大鴉の返答はいつも「ネヴァーモア」だけである。青年は自分の部屋の内部が香炉の香に満ちて、熾天使らの足音が軽く聞こえるような気分になり、神がこの天使らを使いとして、レノーアの想い出をもたらしたと信じるようになる。そして第十六スタンザにはこう描かれる。

「汝は預言者か！　魔物め！　いや預言者なれど、鳥か悪魔じゃ！
吾らが崇める《天》に誓って——《神》に誓って、
悲嘆にくれるわが魂に教示《おし》えよ、遙かなるエデンの園で
レノーアと天使らが呼ぶ聖なる乙女を抱擁《だき》しめる時があろうか——
レノーアと天使らが呼ぶ稀有《けう》なる光輝《ひかり》の乙女を抱擁しめる時があろうか」
　大鴉は答えん——「ネヴァーモア」

大鴉の魔性とその変容　亡きレノーアに恋焦れる青年が、レノーアとの再会の可能性を大鴉に問うが「ネヴァーモア」の一語によって否定されたのである。まさに青年と大鴉は禅問答の形式をとりながら、人間がこの世に存在することの悲嘆と実存的虚無の実相を明示する終末論的対話である。対話というより、青年の内的意識が、大鴉によって暴露されていく。

「詩はすべての芸術作品が終わるべきところから始まる」とポーは語ったことがあるが、実はこの十六スタンザを書き上げ、大鴉の魔性とその変容を通してポー自身の悲恋の痛みを詩ったのである。

悲恋の相手はエルマイラ＝ロイスターであろうが、この詩が書かれた時、すでに愛妻ヴァジーニアが不治の病に臥し、確実な死の到来をポーが予感していたのかもしれない。いずれにしろ、レノーアはポーの空想的女性ではなく、天国にいるベアトリーチェがダンテを迎え入れようとした姿に近似している。しかしダンテは聖なる乙女に迎えられて一切の苦悩から解放されるが、ポーは虚無の中の虚無の世界に漂うのみである。十六スタンザから第一スタンザを書き継いで、再びポーは第十七、十八スタンザを加えることによって、思想詩「大鴉」の全貌を明らかにした。

「されば、鳥よ、悪魔よ、その一言が別れの合図よ！」立ち上がり絶叫しつつ――
「嵐の中を、《夜の冥界《プルート》の国》へ消え失せい！
黒い羽なぞ残すな、汝が魂の語りし偽りの証を！
わが孤独を破らず、戸口の胸像から消え失せい！
わが心臓《こころ》から、汝《な》が嘴《くちばし》を抜去《ばっきょ》して戸口《ドア》から消え失せい！」
　大鴉は答えん――「ネヴァーモア」

されど大鴉は羽搏もせず、ただただ脚を留めて、
しかと戸口の青白きパラスの胸像に留まりて、
その両眼《め》の底には夢見る幻魔の相が帯びて、

また、灯火《ランプ》の光が大鴉を包みて、その影を床に流せば、
わが魂がその床に漂う影に囚われ、
はや逃れることが――もはやなし。

絶望のどん底に落ちた青年が大鴉に向かって「嵐の中を、《夜の冥界の国》へ消え失せい！」「わが心臓《こころ》から、汝《な》が嘴を抜去して戸口《ドア》から消え失せい！」と叫ぶように、大鴉はすでに「幻魔の力《デモーニック・パワー》」を発揮している。それればかりか、《知》の支配者としての青白いパラスの胸像の上に坐る大鴉に灯火《ランプ》の光が流れていくことは、神が青年を見捨てたのである。ランプの光は《知》を顕現させる力の象徴であり、この物語の最初は、ランプの光と共に青年が古書を読み続けている姿が描かれていたが、遂に最後のスタンザでは光が大鴉を包み込んでゆくのである。それは大鴉が魔性から聖性へと変容し、「超自然の力」の持主になったことを暗示している。そのような大鴉の影が床に流れ、青年の魂はその影に囚われてもはや逃れることができなかった。

大鴉の象徴性

一体、大鴉とは何者であるのか。大鴉は「預言者」（善）と「悪魔」（悪）の両義性をそなえている。北欧神話では大地を司るオーディンが宇宙と大地の出来事をすべて知ることが出来るように二羽の大鴉を世界に飛翔させた。一羽はフギン（思想）、他はムニン（記憶）で、この二羽が世界の様子をオーディンに伝えた。オーディンの肩に止まる二羽の大鴉

は《知》の象徴となる。また旧約聖書の「列王紀・上」に次のように述べられている。
「エリヤは行って、主の言葉のとおりにした。すなわち行って、ヨルダンの東にあるケリテ川のほとりに住んだ。すると、からすが朝ごとに彼の所にパンと肉を運び、また夕ごとにパンと肉を運んできた。」（第十七章五―六）
この大鴉は古代エジプトから伝わる聖鳥、つまり、神の使いなのである。キリスト教世紀に入ってからは、大鴉はあまり重視されなくなったが、ルネサンス期に入り、特にアンドレア＝マンテーニャの『ゲッセマネの祈り』（一四五五年頃）にはゲッセマネの園で、死の近いことを知ったキリストが五人の天使を仰いで、神への祈りを捧げている。天使たちは十字架や円柱をもって、キリストの受難の近いことを告げているのに、弟子たちは丘の下でキリストの苦悩も知らずに眠っている。こうした精神の荒廃している人間たちのすぐ近くには、大鴉が樹木の枝に止まって見下ろしている。それは人間の原罪を《観察》するフギンかムニンに相違ない。あるいはグリューネヴァルトは『聖アントニウスと聖パウロの対話』（一五一一―一五）の中で、修道僧アントニウスが隠者パウロを訪れ、議論に熱中している構図を描いている。そして左上には大鴉が木の実のようなものを口にくわえて飛来し、その木の実を受け取るかのようにパウロが右手をあげている。この木の実は知恵の実であり、中世の悪の時代から人間性を復活しようという希望の象徴なのである。
ダンテは『神曲』（「天国篇」第二一歌）で第七の天・土星天へダンテとベアトリーチェが昇天する姿を描いている。この世界には光まばゆい黄金《こがね》色の梯子があり、その階段をたどって天界の星々から光明を注ぎ込み、大鴉たちは夜明けに、凍えた羽を温めるために群をなして動き廻っているが、光明の一群も階段をつたわって降りて、とある段《きだ》に突き当たると、そのとき大鴉に似たような動きを始めた。燦然と煌めく光明は《愛の光》であるが、「大鴉に似たような動き」とは何であろうか。光明とは人間の魂を包みこむ「愛の歓喜」であると同時に、それは大鴉がパンと肉を運んできたように、光明それ自体がパンと肉であることの比喩である。それ故に「大鴉に似たような動き」とは人間を豊かにさせようとする《光明》のメタファーであり、大鴉が聖鳥と見做される所以なのである。

十六世紀に入り、ピーテル゠ブリューゲルは『十字架を担うキリスト』図の中で大鴉が天空を飛翔し、あるいは刑柱の上に留まってキリストのやがて訪れるであろう死を嘆き悲しむ。また『牛群の帰り』や『雪中の猟師たち』では村の守護神の役割を演じている。[7] 中世とルネサンスに関心を抱いてきたポーが大鴉を不吉、不幸、貪欲の象徴としてではなく、霊鳥として捉えたことは相違ないし、その大鴉の象徴性によって、十九世紀フランス文学をはじめ世界文学の芸術表現において革命的進歩をもたらしたことは疑問の余地がないであろう。

知の悲哀と生命の覚醒

詩人は自作の詩を解説したり、解釈を与えたりすることをしないものである。他人の詩を鑑賞し、これを朗唱することがあっても自作の詩の解釈は読者に任せられる。ところが「大鴉」に関してポーはあえて「詩作の哲理」と称して、「大鴉」の成立過程を報告している。これによると、大鴉に一つの言葉を反復させることによって、思想とリズムに統一感（一貫性）を与えようとしたという。そして、その一つの言葉は「最も憂鬱《うつ》な主題」である、最も美しい女性の死と深くかかわるものでなければならない。つまり、死のもたらす悲哀と絶望の感を高揚させるために選ばれた言葉が「ネヴァーモア」であった。それ故に青年にとって「ネヴァーモア」は、虚無の歌声そのものに他ならないのであるが、虚無の歌であることすら気づかない青年に対する大鴉の存在は二つの意味をもつことになる。

第一はバイロン的《知》の悲哀である。バイロンは『マンフレッド』の冒頭で次のように詩《うた》っている。

灯火に油を注がねばならぬ、されども、
やがて火が消え去るのを凝視せねばならぬ、
わが仮睡、かく呼ぼうとも、そは眠りにあらず、
断えざる耐えがたき思念は続き、それを断ち切ることもできぬよ。（中略）
最も多く知る者にとって、
《知識の樹》は《生命の樹》ではない、
かくなる真理に人は嘆き悲しまねばならぬ。

バイロンを愛したポーが《知識の樹》を求め続けながら、生涯の不幸に堪えてきたことを思えば、「大鴉」の主人公に自己の潜在的意識を投影していたことは当然であろう。《知》がプラトン的《愛》《エロス》への道でなかったとすれば、人間が存在する理由が一体どこにあるのか。《愛》への道を拓くことのできない《知》は、自らそれを放擲する以外にはない。放擲することは超脱に向けて《死》を自ら選択することである。人生における最大の哲学的難問《アポリア》は、いつ自らの力で《死》を握むか、さもなくば如何にして《死》を超越するかの二者択一である。真理には相対的価値などあろうはずはなく、人間の運命を決定する《神》の力を認識し、それを受容した時、人間それ自身が《真理》となる。青年は大鴉の前で《知》を放擲し、否、大鴉が青年の《知》のすべてを吸収して夢幻の光を放つのである。《知》の悲哀という命題がここに存在する。

第二は《生命の覚醒》である。大鴉の影が自己を喪失した青年の全身を覆って、その魂は釘づけられた。そしてもはや逃れることができなかったというのは、大鴉に超自然的力が働いて、俗世の魂を《神霊化》することができたということである。それは、プラトンの言う霊魂の不死、または「滅ぶべき者」と「滅びざる者」との中間に位置する《神霊》《ダイモーン》の表象なのである。それ故に大鴉の影の中に青年が留まることによって新しい生命の覚醒が約束されたと考えられる。かくして虚無の中の虚無の存在として認識していた青年の魂はここに復活した。つまり、大鴉は「聖なる神霊」としての性格が与えられ、ポー自身が青年の生きざまを通して、大鴉の神霊的言葉「ネヴァーモア」によって冥界との心霊的交感《コレスポンダンス》を実現することができたのである。

冥界幻想は「知的であるよりも、むしろ霊的なものである。それは肉体的にも、精神的にも、全く健康な状態にあって、霊魂がきわめて平静な状態」の時に起きる。「目覚めた世界と夢の世界が融け合った瞬間にのみ幻想」が生まれる（『マルジナリア』）。そうだとすれば、青年は死を幻想しながら、魂が恍惚と輝き、自己自身を超脱し、大鴉の魂と合体して《絶対的一者》に変容することができたのである。ここにみられる青年の覚醒を心霊美学の成就と見做すのである。

魔笛の音響《ひびき》と神籟の巫呪

その心霊美学は「レノーア」と「ネヴァーモア」という美しい音響《ひびき》から効果を生み出すのである。「レノーア」というメロディカルな音響《ひびき》は冥界から地上に囁やかれる《愛の歌》であった。ポーによるとこの音響《ひびき》は「哀愁の鈴の音」であり、長母音oと子音rが結びつくことによって音楽的メロディーは夢幻の世界を拓いてゆく。「ネヴァーモア」をリフレインさせることによって恋人レノーアの死を悼み、過ぎ去りし日の愛に想いを寄せる青年と大鴉の放つ「ネヴァーモア」が重なって心霊的魔笛の音響《ひびき》を奏でるのである。それ故に「ネヴァーモア」は決して日本語に翻訳されるべきものではなく、その語彙の音響《ひびき》のもつ哲学的意味以上の意味を内包している「天体の音楽」と「ソクラテス的神籟《しんらい》の巫呪《ふじゅ》」の霊的喚起力なのである。

「天体の音楽」は既述したが、「ソクラテス的神籟の巫呪」というのはプラトンとの対話篇『カルミデス』の中で語られているように、魂は《巫呪》によってその病を癒される。その《巫呪》は美しい理性であり、この理性によって節制の徳が魂の中に生ずるという。プロティノスの時代では矛盾に背を向けて霊的に自己自身を一体化させる魔術的な原理をもち、それは思考の道具であるが、思考そのものではない。理性は憂愁をしずめ、苦悩を解放する。そのため理性は論理的なものを遠ざけ、美的なものへと変容する。このように理性が自己自身に働きかけるとき自己自身に立ち帰る。そのような理性によって、愛することの自由を持つ者が愛されるべきであるが、逆に愛されることの自由を失うことの不条理に人間は耐えねばならぬ。

青年と大鴉との禅問答は「ソクラテス的神籟の巫呪」つまり「ネヴァーモア」によって青年が《理性》の光を全身に受け止めて、そこに共感の絆が生まれたのである。それは《魂》が《美》であり、《美》が《魂》そのものであるという無意識的共感によって人は《愛》の極致である《霊力》に到達する。徳と英知を求める愛だけが人間の心を「天上の美」へと結びつけてくれるからである。

五　「詩の原理」の美感

ポー詩の原理を一句で表現するとすれば「天上の美に対する人間の憧憬」(the Human Aspiration for Supernal Beauty)である。これは《心情》の陶酔とか《理性》の光というものとも深くかかわりながら、ひたすら「純粋な魂の高揚」を目指している。

天上のヴィーナス

ポーは《情熱》と《愛》（恋愛）を異質なものとして扱っている。《情熱》は魂を高揚させることはなく、むしろ魂を堕落させる。しかし《愛》は、つまりプラトン的聖なるエロスは最も純粋な魂の美の輝きであり、それは地上のヴィーナスよりも天上のヴィーナスに求められる。これこそがポーの最も詩的な、永遠のテーマであった。ゲーテも「太陽《ひ》の光　海より輝くとき、貴女を想い、月の光　泉に煌めくとき、貴女を想う」と詩ったように、《愛》（恋愛）は天界との心霊的交感《コレスポンダンス》によって生まれる。情熱的恋に陥ちたことのない人間は人生の半分しか分っていないとスタンダールは言うが、そのような恋は地上的快楽の追求でしかない。地上的な恋はいつかは必ず消滅するが、天上のヴィーナスへの恋は永劫不滅なのである。つまり、天上のヴィーナスへの憧憬とは《死のエロス》、愛する女性の死の絶望と悲嘆を己の魂の中に反響《こだま》させることで、天上に住む美女との心霊的交感を行うことを可能とさせる。

美の韻律的創造

「詩の原理」の中でポーが述べることによると「一編の詩が詩の名に値するのは、魂を高揚し、興奮させることであり、詩の価値はこの高揚する興奮に正比例する」という。興奮は長い時間保たれることはなく、興奮の鎮まりと共に詩はその生命を失う。ミルトンの『失楽園』は賞讃に値するが統一性に欠けているから、たんに「一連の小詩篇」と見做す限りにおいて詩と言える。こうしたことからポーが関心を示した作品はシェリーの「セレナーデ」、ロングフェローの「浮浪児」、ブライアントの「六月」、エドワード＝コート＝ピンクニーの「健康」、トマス＝ムアの「アイルランド歌曲集」、トマス＝フッドの「美しいアイネス」「幽霊屋敷」「吐息の橋」、バイロンの小詩篇、テニソンの「王女」などであるが、これらの詩の中にポーは単純、正確、簡潔を発見しようとしているし、さらに心の世界の三つの領域、「純粋知性」「美意識」「倫理意識」を最も重要視している。この三者は相互に深く結びつくことによって人間の魂を動かしてゆく。「知性は真理に係わり、美意識は美を教え、倫理意識は義務を守る」「天上の美への憧憬は星を求める蛾虫の願いと同じく人間の本性であり、魂が究極的に天上の美に最も近づくのは恐らく音楽においてである。それ故に詩が音楽と融合したとき《美の韻律的創造》が完成する。その唯一の判定者は美意識であり、知性と良心は副次的であるにすぎない」（「詩の原理」）。

天上の美によせる魂の詩　このように述べるポーは《美》を求め、それを観照することによってのみ魂の高揚を得られると確信し、その非の打ちどころのない詩がトマス゠フッドの「美しいアイネス」だという。眼前から姿を消した恋人アイネスへの思慕にポーは永遠の涙を流し、さらに、テニソンを詩人中の詩人として崇拝する。テニソンが「王女」によって最も天上の美をうたいあげることができたのは、そこに魂を高揚させる心霊的音楽が奏でられているからだという。

ポーはこの詩の最後の四スタンザのみを紹介しているが、内容は恋人が船に乗って去って行く物語詩である。テニソンは楽しき野辺をうち眺めながら、ただ涙を流す。その故しらぬ涙は、聖なる絶望の底から溢れ出てくる。船の帆にきらめく光もさわやかに、わが友を冥界から乗せて、帆は茜に染まる。このあと次のように続く。

ああ、悲しくも、不思議なるは暗き夏の東雲《しののめ》が、
眠たげな小鳥たちの朝を告げる声で訪れる、
死の耳に響くものは死の瞳《ひとみ》に映ゆるとき、
　窓はやがてきらきらとその輪郭をあらわす。
その悲しくも、不思議なる過ぎ去りし日々は、帰らざるなり。

いとしくも、忘れ得ぬ死後の接吻《くちづけ》は、

貴きものなり、希望なき、空想の接吻《くちづけ》のように、
口唇を他人《ひと》に与えて、恋のごとく燃えて、
初恋のごとく燃えて、その狂おしきさまは悔恨《くやしさ》よ、
おお、死は生の中にあり、その過ぎ去りし日々は、帰らざるなり。

このテニソンの詩想こそ「天上の美に対する人間の憧憬」であり、それはたんなる「心情の陶酔である情熱」とは異なるものであるという。

定義しがたいイデアの旋律　詩は科学的著作とは異なり、直接の目的を《快楽》に置く。それは漠然とした快楽である。そしてロマンスが知覚できるイメージを提供するのは明確な感覚によるが、詩は「定義しがたい知覚」（indefinite sensation）によってイメージを提供する。かくして、美しい旋律に心を傾け、己が魂を陶酔させるのは「定義しがたい着想《イデア》」（幽玄の美）の発露によるものであり、そして「音楽が楽しい着想《イデア》と結びついたときに、はじめて詩となる。音楽のない着想《イデア》は散文となる」（「Bへの手紙」）。

「韻文」（verse）と「散文」（prose）はしばしば対比されて論じられるが、verseという語はラテン語 vertere（曲がる）から転化したものである。「曲がる」とは「一連の詩脚が曲がる」「詩脚が再び始まる」ということであるから厳密には詩の一行（a line）のことである。この一行が複数の行数

によってスタンザ（連）をつくり、各スタンザはミーター（韻律）、リズム（旋律）、ライム（押韻）、アリタレーション（頭韻）、リフレイン（反復語）などによって構成されて、詩全体の音楽性が強調される。そのような音楽性が幻想を誘い出して魂の高揚へと導くのであるから、詩は常に朗唱されるべきもので、読むべきものではないのである。しかも詩全体は「均一性」を保ち、そこに着想《イデア》の調和が生まれる（「韻文の原理」）。

このような純粋にして無比な詩論をもって創作活動を行ったポーの詩は、その霊魂の郷愁となって世界の詩人を動かした。その故郷なきものの孤絶感、愛する者を求めてやまぬ憂愁の闇の声は、《神籟の巫呪》のように人々の心臓に突き刺さったのである。

Ⅲ章　註

（1）「人生の道の半ばで／正道を踏みはずした私が／目をさました時は暗い森の中にいた。／その苛烈で荒涼とした峻厳な森が／いかなるものであったか、口にするのも辛い、／思いかえしただけでもぞっとする、／その苦しさにもう死なんばかりであった。」（平川祐弘訳）ダンテは三十五歳にして暗い森の中にさ迷ったが、ポーは十八歳で人生の地獄を見てしまった。

（2）ポーの「大鴉」を翻案した萩原朔太郎の「鶏」から詩句を借用した。

（3）フロイト、高橋義孝訳『夢判断』上（新潮文庫、一九六九年）、一二頁。

（4）石川啄木のこの歌はポーの影響を受けたとは思われない。しかし、ポーが本格的に日本に紹介され始めたのは明治三十六年頃からであり、『明星』『帝国文学』『太陽』などに投稿していた啄木がこれらの雑誌からポーの名は知っていたと考えられる。

（5）朔太郎は次のように解説している。

「この ula（浦）は現実の女性でなく、恋愛詩のイメージの中で呼吸して居る、瓦斯体の衣裳をきた幽霊の女。鮮血の情緒に塗られた恋しく悩ましい女である。そのなつかしい女性は、いつも私にとって音のやうに感じられる。さうして、悲しくやるせなく、過去と現在と未来につらなる、時間と永遠の暦の中で、悩ましく呼吸してゐる音楽である」（「自作自詩自註」）。

（6）佐渡谷重信『ポーの冥界幻想』（国書刊行会、一九八八年）、四一～四二頁。

（7）佐渡谷重信『ブリューゲル』（美術公論社、一九九〇年）参照。

IV

小説における《滅び》のヴィジョン

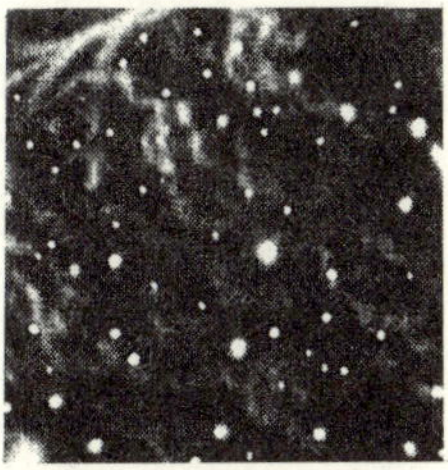

一　《滅び》とは何か

死の悲劇性の知覚

《滅び》とは形態の有無を問わず、ものが消滅することである。宇宙や地球の消滅から人間の死にいたるまで、滅びることは世の宿命である。ただ滅びにいたるプロセスが異なることによって、愛憎と哀歓が交錯し、そこに人の世のはかなさを感じさせる。しかし、最も哀しむべき滅びは、この世で最も美しいものの消滅（死）であろう。最も美しいものは自分がこの世で最高に愛するもの、父母であり、自分の夫であり妻であり、わが子等であろう。つまり肉体と霊魂をもつ愛する人間の死が他の如何なる物質的消滅にもまさるのは、人間が愛《エロス》によって紐帯し、情によって交わり、知によって認識し、意によって幸福を追求してきたからである。

アテネのアクロポリス遺跡に立つ者は、そのありし日の完璧な建築の美に感動しながらも、いかばかりか過去数千年の歴史と戦士たちの死を想像しうるだろうか。壇の浦に源平の合戦の跡を訪ねる者は、その武士《もののふ》の滅びを歴史のひとこまとして懐古こそすれ、わが身を悲嘆させることはないだろう。そこに諸行無常の響きがあり、盛者必衰の理《ことわり》を知るにすぎないからである。

《滅び》が最も切実に己の魂を嘆かしむるものは過去の歴史ではない。栄華を誇った宮殿や城の消滅ではない。それは己自身の死でもない。なぜならば、己の死はその死の悲劇性を知覚することがないからである。死の最大の悲劇は、その意味で死の悲劇性を知覚することのできる自己が、その愛する肉親や恋人を失った時である。そのような現実の死が《滅び》のヴィジョンを明確なものにしてくれる。

かくして、滅びゆく死のヴィジョンを人間性の喪失という主題を通して描き得た文学者は、世界文学の中でポーをもって嚆矢とし、またポーを超える者は未だ出現していない。

永遠に回る死の車輪

ポー芸術の《滅び》は愛《エロス》による永劫の死に終わるのではなく、死の車輪は永遠に回りながら霊魂《アニマ》の復活へと回帰する。つまり生命の誕生は常に死のための準備であり、死は再生のための出発、ニーチェのいう「永劫回帰」なのである。「あるがままの生存は、意味も目標もなく、しかもそれでいて不可避的に回帰しつつ、無に終わることもない。すなわち、永劫回帰。これが、ニヒリズムの極限的形式である。すなわち、無が永遠に！」（『権力への意志』）と語るニーチェより半世紀も以前に、ポーは「アッシャー館の墜落」「ライジーア」「モレラ」その他の短編や物語詩「大鴉」の中でニヒリズムの極限状態を描き出していたのである。

二　「モレラ」——愛《エロス》の滅びと再生

死せる哲学体系の灰の中から　語り手の「私」が初対面から美しいモレラという女性を見初めて結婚したのは「魂の燃え上がるのを覚えた」からである。しかし、それは「エロスの炎」ではない。しかも愛を口にすることもなく二人を結びつけたものは、「私」がモレラの知への愛に溺れたからであろうか。モレラはプレスブルグで教育を受け、ドイツの数々の神秘主義的文学を愛し、そのモレラの導きによって「私」の神秘思想の知識にも働きかけ、やがて「彼女の複雑な研究の中へと勇敢にも跳び込み」「禁断の頁に読みふけり、禁断の精神が胸の中に燃え上がってくるのを覚えるとき、モレラはその冷たい手を私の手に重ね、死せる哲学体系の灰の中から低い妖しい言葉をかきたてた」のである。

モレラの魂は「死せる哲学体系の灰」を日常性の中に再現させることによってドイツ神秘主義を探究し、やがて彼女の喋る言葉も「妙なる旋律」に聞こえ、結婚生活の幸福は恐怖へと変貌し「ヒノムの谷がゲヘナに変わったごとく、世に美しいものが、世にも醜いものに変わり果てた」のである。旧約聖書の「列王紀下」（二三—一〇）にあるように、ゲヘナとは「ベン・ヒノム」（Ge［ben］Hinnom）の子供たちの谷間にあたる。このヒノムの子供たちを火中に投げ込み、初子を生贄にするという旧習が行われていたから、ゲヘナは《地獄、罰、永劫の業苦》を象徴していたのである。

死と再生

ポーはモレラと結婚した男をゲヘナに喩えながら知の毒を憂えるのである。この夫妻が話題とする唯一の論議は、神学的倫理学、フィヒテの汎神論、ピタゴラス学派の修正輪廻説、シェリングの自同律の学説であった。そして「いわゆる個性なるものは、理性ある人間の穏健な考え方の中に存する」というジョン＝ロックの定義（『人間悟性論』一九六〇）に賛成し、「理性をそなえた知的実在」への認識から「個性化の原理、つまり個性が死によって永遠に失われるものであるや否やという観念は私にとっては常に大きな興味の的であった」と語り手は語っている。これがこの作品のヒロイン・モレラの死と再生への伏線になっている。《個性》のある肉体は死によって永遠に滅びるのであろうか。否である。

モレラは憂いをおびた目の輝きと楽の調べに似た言葉、それに蒼白い謎めいた指先を動かしながら、やがて自分が死の運命にあることを予告した。彼女の頬が真紅の斑点に覆れ、蒼白い額には青筋が浮き出し、豊かな森の間に天空からの虹が差し込む十月のある日に「生ける地上の息子たちにとって美しい日です——ああ、ですが死せる天の娘たちにとっては、よりさらに美しい日なのです！」と謎のような遺言を残して死んでいった。モレラは妊娠していたのである。

彼女は死の直前に一人の娘をこの世に生み落とした。忘れ形見の娘は母親と瓜二つであり、日ごとに成熟していくと、その幼児の唇から洩れる言葉は「成人の知恵と情熱」の入りまざった「豊かな経験からくる教訓」であった。娘の容姿やその目が母親に似ることは当然だとしても、僅か十歳の娘の知性がモレラと同じとは一体どうしたことか？　「私」が娘に洗礼を受けさせようと考えたのは「宿命的な恐怖」から逃れようとしたからである。しかも、なぜか、今日のいままで、娘に名を与えなかった。「私は夜の沈黙《しじま》にひたり」「薄暗い側廊に立って」牧師の耳元で「モレラ！」と囁きながら、先祖代々の納骨所の黒い板石の上にバタリと倒れると、納骨所の中から「ここにおりますわ！」と返事がした。天空の星々は消え、過ぎ行く人びとは影のように消え、そうした中で、「私」はモレラの姿を追い求めているうちに、天空を渡る風が、ただ一語「モレラ！」と耳に囁いてくれたのだろう。ところが、それからしばらくして娘は名も与えられないまま死亡してしまった。そして「私」がこの「第二のモレラ」を母親と同じ納骨堂に納めようと、その棺を開けると、そこにはモレラの姿はあとかたもなく消えていたのである。

心霊的な存在への知覚

この物語は妻モレラの霊魂《アニマ》が娘に復活し「独立自存しつつ、永遠に無二の姿を保つもの」というプラトン（『饗宴』）的愛《エロス》と魂の不滅をポーが語ったのである。夫の「魂は燃え上がった」が、それは「エロスの炎ではなかった」という《エロス》は愛欲を意味するものではなく、よって、モレラの生んだという娘は一つの観念としての《実在》にすぎない。一方、モレラは夫への愛《エロス》に殉じ、その燃え上がる炎の中でわが身を滅ぼしたことは、蛾虫が火に憧れてわが身を焼き殺す姿に似ている。モレラは夫のために肉体を滅ぼし、霊魂の不滅を娘に託することによって、死後も夫の愛を継ぎとめようとしたのである。その空想的夢が《死せる天の娘》ウラノス（Uranus）という超自然的天の女神へと結びつけ、生前の《愛》を確認しようとしたのである。そのためモレラは「歓喜はペスタムの薔薇が年ごとに再び咲くように、人生に二度は摘めない。かのギリシアの詩人アナクレオンのように時を忘れることはかなわず、歓楽の美酒《うまざけ》の味も知らぬまま、さながらメッカのマホメット教徒たちのように、生きながら経帷子《きょうかたびら》をまといつづけねばならないのです」と言って死んだのである。このように《愛《エロス》》とはモレラにとって性愛を意味せず、肉体の滅びによっても、なお霊魂は不滅であるという「心霊的存在への知覚」（the sense of the spiritual existence）というポーの思想的表現であった。つまり、プラトンの「永遠に無二の姿を保つもの」によって「死せる哲学的体系の灰」をポー美学が打破しようとしていたのである。

三　「ライジーア」――霊魂《アニマ》の浸透

《知》の窓 ― ライジーアの瞳　モレラが知を愛する女性の滅びを代表すると同様に、ライジーアは《知》と《愛》の霊的光芒を眼球にたくわえた美女である。モレラの瞳が「憂いをおびた目」であるのに対し、ライジーアの瞳孔に潜む眼球の輝きは「デモクリトスの井戸よりも深い」愛の霊光に輝いていたし、彼女の口元から流れ出る言葉は美しい音楽の調べであり、またその肉体的華麗さは筆舌に尽せないほど美しい。古代の均整美にやや欠けていたが、肌は至純な象牙をも欺くほど白く、髪の毛は大鴉のように黒々と輝き、その繊美な鼻柱はヘブライの優雅な銘牌に似ていた。また鼻孔の褶曲《しゅうきょく》は自由不羈の精神力を物語り、薄い上唇は荘重に弾《は》ねあがり、きらめく歯並びは微笑むとき浄らかな光を放ってくれる。さらに顎の形はギリシア人に見られる優雅な広がりをみせ、そこには物優しさと威厳さ、円満さと霊知の輝きがある。アテナイ人の子クレオメネスの夢にみるアポロ神の啓示する輪郭《コントウアー》の美しさが漂うのである。

　ポーが久しくギリシア精神に傾倒していたために、ライジーアの美の表現はモレラやマダリインを描く以上に熱狂的でさえあった。その熱狂はあのプラトンの《知への窓》を喚起させ、そして《知》の窓はライジーアの大きな眼に象徴的意味を与えることになる。太古にすらその原型をみないその大きな眼球は人類の眼というよりは羚羊《かもしか》の眼に似ていた。瞳の色は輝く黒色、睫《まつげ》毛もまた長い黒曜石をもち、それは神秘なトルコの天女《フェアリー》の美そのものであったから、語り手である「私」にとって「レダの双子宮」になり、ついに「私はそれに狂熱を捧げる占星師になった」という。

ライジーアの復活

「ライジーア」の物語は「私」がライン河畔の古い都にある名門の姫ライジーアと結婚したが、彼女が病のため若くしてこの世を去り、その忘れ得ぬ想い出を抱いたまま「トレメインの明髪碧瞳《へきどう》のロウィーナ＝トレヴェニォン姫」と心を錯乱させせながら再婚した話へ展開していく。そして、再婚後二か月が過ぎる頃、ロウィーナが病に襲われ、ついにその顔は死者のように蒼白になって、まさに失心状態になろうとしたとき、「私」はふと侍医がすすめた葡萄酒を思い出し、それを持ってロウィーナの寝室に入り、葡萄酒を盃になみなみと注いでロウィーナの唇に押しつける。その瞬間、「私」はこの寝室の絨毯のうえを行く軽い足音に気づいた。「私」が持っている盃をロウィーナの唇につけようとしたとき「燦爛たる紅玉《ルビー》色の大粒の雫が二、三滴、あたかも寝室を包み込む虚空の中の視覚にとらえることのできない噴水から降ってきたかのように、その盃の中に滴り落ちた」。そして、それに気づかぬロウィーナは盃を飲み乾してしまった。そのことがあってから、ロウィーナの容態がにわかに悪化し、四日目に彼女は死んだ。ロウィーナを経帷子に包み、哀傷の心をもって「私」がロウィーナの死屍《しかばね》を眺めている真夜中に、ふとライジーアとの数知れぬ想い出が脳裡を走った。すると、いずこともなく、女性のすすり泣きの声が死の寝台から流れてきた。死屍を凝視すると、頬と眼瞼《まぶた》に沈んだ繊細な血管との間に、何か燃え上がるものが見えてくる。ロウィーナは生きていたのだ。幻覚であろうか、いや、たしかに溜息すらも聞こえ、唇は震え始め、真珠のように輝く歯並びさえ見えてきた。気を取り戻して、さらに近づくと心臓が弱々しく鼓動し始め、ついにロウィーナが呼吸し、動き出した。するとその死屍はまごうことなく、ライジーアその人であった。

ヴェールをつけた翼の天使

こうしてライジーアはロウィーナの滅んだ肉体を通して復活したのである。この物語は、ライジーアとロウィーナの肉体の死（滅び）を扱っているが、男性の愛を受け入れた女性の霊魂《アニマ》は不滅であり、男性の愛を受けることのなかったロウィーナの霊魂が死滅して、他者の霊魂《アニマ》に支配されるという心霊美学なのである。このような不滅の霊魂《アニマ》によってポーの描く《滅び》は「死すらもライジーアを恐怖でとらえる力」を失っている。その《滅び》を超越する神秘の力は、「レダの双子宮の星」としてのライジーアの瞳孔の放つ《光の形而上学》に収斂される美の霊魂《プシューケ》と知の霊魂《グノーシス》の実在によっている。ポーはライジーアのような女性を永遠の恋人にしようと夢想し、自らが星占い師となり、ライジーアに「ロゴス、知性、伝達、分析力」を付与し、彼女に死と再生の女神像を創造したのである。その結果、ライジーアに美の不滅と永遠を象徴させるためにジョウゼフ＝グランヴィルの書いた一節を語り手に想起させる。

さて、ここに永劫不滅の意志がある。一体誰が、その生気あふれる意志の神秘を知り得ようぞ？　さればこそ、神とは自然の理法によって万物に浸透する崇高なる意志である。人は己の意志薄弱さに押し流されぬ限りは、天使にも、死にも完全に屈伏することはない。

ジョウゼフ＝グランヴィル（一六三六〜八〇）はイギリス、ケンブリッジ大学のプラトン学派の支持者として知られており、《永劫不滅の意志》はプラトンの霊魂不滅説を敷衍し、「自然の理法によって万物に浸透する意志」をライジーアの魂の中に再生し、そこにプラトン的純粋な理性《ヌース》と知への愛を包摂させている。ポーはこうしたグランヴィルの言葉をエピグラーフに使いながら、ライジーアの死に屈服することのない意志の力を「デモクリトスの井戸よりも深い」彼女の瞳孔に求め、それが《愛の霊光《グノーシス》》としての「双子宮の星」と重ね合わせた。グランヴィルの言葉はライジーアが死の直前につぶやくように唇からもれたという。それればかりか死の数日前にライジーアが作詩したものを朗唱せよと「私」に命じたのである。

見よ、今宵の祝祭《まつり》は
寂しき末世の時ぞ！
ヴェールをつけた翼の天使らが
涙して訪れ、

いま桟敷《さじき》にて観《なが》むれば
《希望《のぞみ》》と《恐怖《おそれ》》の芝居なり
かたやオーケストラが演奏の相応《ふさわ》しき調べは
天体の音楽ぞ。

ライジーアの詩は五スタンザから成り、ここにあげたものは、その最初のスタンザである。これは「ヴェールをつけた翼の天使ら」が、断末魔の痛みに苦しむ人間の悲劇的芝居を観て涙するという詩であるが、「ヴェールをつけた翼の天使」こそ、死後に天界に赴くことを願うライジーアの姿であろう。この神秘のヴェールには永遠の美と知を隠蔽して俗世を離れたいという想いが込められ、さらに生↓死↓復活という象徴的イメージをポーはライジーアに描き出したのである。

《滅び》の美学と自己救済

さて、天使らが観た芝居は人間の《滅び》を主題にしたものであった。擬人化された《希望》と《恐怖》が互いに競い、さらに道化たちが《神》の姿を装って舞台を飛び回り、傀儡も往来し、禿鷹が翼をふるわして悲鳴の声を飛ばしている。そこに妖しき幻が出現し、狂気と罪と恐怖が充満する中に真紅の血を染め、死苦にのたうつものが断末魔の悲鳴をあげれば、熾天使らはただただ絶望のすすり泣きをあげる。天使らはみな蒼顔《あおざ》めた姿のままヴェールを脱ぎ捨てて言うには、この芝居の題名は悲劇『人間』と称すべし、その立役者は《征服者・蛆虫》なるぞ！　と語ったのである。

ライジーアが天界に赴き、「神の守護」（ヴェール）によって死から生への復活への夢は天使らが「ヴェールを脱ぎ捨てた」ことによって打ち砕かれてしまった。この芝居は人間はことごとく死ねば蛆虫に喰いつくされるという厭世観、つまり中世の「死を想え！」の教えが反響している。ポーの死生観がこのように中世的死の滅びのヴィジョンに囚われながら、なおもライジーアの最後の意志的言葉に《滅び》からの復活を願望していたことは疑う余地はないであろう。つまり「私」がライジーアの命ずるままにこの詩の朗唱を終えると、ライジーアは最後の力をふりしぼって「ああ、父なる神よ、この《征服者》が滅びずにいてよいのでしょうか？　一体誰が、その生気あふれる意志の神秘を知り得るのでしょうか。人間は自分の意志の薄弱さに押し流されぬ限りは、天使にも、死にも全く屈服するものではございません」と、再びグランヴィルの言葉を遺言して死んでいった。ライジーアの霊魂《アニマ》は流浪の旅を続け、ロウィーナに復活したことはポーが中世的死の絶望とニヒリズムを脱して、プラトン的霊魂不滅の思想を確信していたからに他ならない。

実はライジーアの復活は、その「永劫不滅の意志」「万物に浸透する崇高なる意志」によってのみ甦ったのではなく、「殉教的恋愛」を忘却することのなかった「私」の霊魂（プラトン的美と愛への憧憬）が、ライジーアの霊魂《アニマ》を呼び戻すことができる、というポーの《滅び》の美学の実験でもあったのである。ポーは憂愁に沈みゆくライジーアの霊魂《アニマ》を、あのピタゴラスの「天体の音楽」によって救済し、同時に己が人生の愁いをも払拭しようとしたのである。芸術的表現は、自己救済というアポリアを自己自身に課する仕事であった。

四　「アッシャー館の墜落」――創造への萌芽

幻想世界のアッシャー館　モレラとライジーアが肉体の滅びと不滅の霊魂を主題にしたと同じように、ここではロデリックとマダリインの兄妹（一卵性双生児）の別離を阻む《血》の問題を核に、アッシャー館そのものが象徴する《恐怖》と《メランコリー》、さらに館そのものが崩壊して大地から消滅することの神秘と哲学的意味が問われる必要がある。

まず、アッシャー館とは何であろうか。これはアッシャーの友人の「私」（語り手）だけが知覚したという幻想的館なのであり、現実の物質的（physical）世界ではなく、心霊的（spiritual）世界であるということ。そのためポー自身が語り手に託してアッシャー館の滅びとロデリック兄妹の運命を幻視するのである。アッシャー家は幾世紀も続いた名門で、すでに伝統的アッシャー家は滅び、いまここに住むロデリックとマダリインが最後の血筋として残されている。名門とはいえ、その家系がはっきりしているわけでもなく、そして、何故、兄と妹だけがここで生活するようになったかも不詳である。ただ明らかなことはロデリックが非常な愛書家であり、トマス＝カンパネラ『太陽の都』、スウェーデンボルグ『天国と地獄』、マキャヴェリ『ベルフェゴール』、ホルベルヒ『ニコラス・クリムの秘かな船旅』、ティーク『遙かな蒼い彼方への旅』、ドミニコ派の修道士エイメリ

「アッシャー館の墜落」さし絵

ック＝ド＝ジロンヌ『異端審問手引』、ある教会の祈禱書『マインツ教会聖歌隊による死者のための通夜』などを愛読していたという。するとルネサンス後期からロマン主義にいたる人間主義とロマン主義特有の神秘主義にロデリックは関心を示したことになる。こうした書物はアッシャーの性格を巧みに語っている。つまりルネサンス的人間世界からギリシア的プラトニズムの光を求めていると同時に、『異端審問手引』や『マインツ教会聖歌隊による死者のための通夜』によって、中世の迫害と死の恐怖に囚われ、スウェーデンボルグの神秘的霊視の経験を求めつつ、冥界と現世とのコレスポンダンスの可能性を模索していたのである。そのようなロデリックが生きたままの妹を、ロデリックが死んだと確信して地下の棺に収めたことは《心霊》のなせる業であった。ロデリックは妹を愛すればこそ憎しみはあろう筈はなく、そのような妹への仕打ちは中世の悪魔的呪詛に囚われていたからであろうか？

破滅の幻視

ところが不思議なことは何十年ぶりに訪れてきたロデリックの友人、語り手の「私」がこのアッシャー館のメランコリックな世界を完全に幻視していたばかりか、語り手自身がマダリインの埋葬を手伝っていることである。これは一体何を意味するのであろうか。

それは憂鬱症患者ロデリックの幻想的、妄想に取り憑かれた《魔力》が語り手の魂の中に浸透し、知らず識らずのうちに、ロデリックに対して「フュースリの描く灼熱的な、いままで知覚したことのない畏怖の念」を抱き、それは彼が「カンバスに投げつけようとした純粋な抽象観念」を《現実》と錯覚してしまったからである。このような純粋な抽象観念から生ずる畏怖の念が、フュースリの『夢魔』（一七八一）を想起させたのである。

この『夢魔』の構図は、若い女性の腹の上に夢魔がどっかりと坐り、その横から馬が眼光を輝かせている。この馬は夢魔を運ぶ《夜の馬》で悪魔的性欲の象徴であると同時に、フロイトのリビドーの潜在意識である。このリビドーは人類の創造と破滅の根源をなすものであるから、語り手がロデリックと一緒にマダリインを地下の窖《あなぐら》に納めて七、八日が過ぎた頃、暗い陰気な部屋の床についた時、抑えがたい戦慄に襲われ、まったく言われのない恐怖の夢魔（incubus）が心臓の上にどかりと坐ったのはリビドーの結果である。夢魔が自分の心臓の上に坐ったということは、語り手が夢魔となって女性を犯したいという潜在願望であり、つまり死んだマダリインへの純粋な性愛幻想である。それが語り手の夢として描かれたことは、夢見る者に与えられた「幻覚による自己表現」であり、語り手の「現在の心霊的知覚」であった。つまり、肉を滅ぼし、霊的存在となったマダリインの霊魂《アニマ》を、語り手は友人ロデリックに代わって幻覚したのである。それはヘーゲルのいう固有な純粋本質の把握（認識）であり、自己同一的な自我意識へと発展するイデアである。ポーはロデリックとその友人および妹マダリインの中にそれぞれ《絶対的精神《ガイスト》》を確立し、そこに霊的魂による自我意識の「宇宙創造《アルケー》の美の根源」を探究しようとしている。それ故に語り手がそれを代行すべくアッシャー家の完璧な滅亡の到来を幻想《ヴィジョン》することになる。

魔の宮殿の必然的破滅

マダリインの死と彼女を棺に収める仕事は第一の滅びのヴィジョンであり、マダリインが後に棺から立ち上がり、ロデリックの部屋に現れて兄の上に倒れる姿は、マダリインの霊魂《アニマ》が兄を奪い取ろうとするリビドーであると同時に、アニマが兄を一卵性双生児の故に冥界での生活を共にしたいという願望であった。つまり、アッシャー家の没落を完璧なものにするためにはロデリックを道づれにするだけではなく、中世の悪魔的呪詛に囚われた館そのものをも消滅させねばならなかったのである。

アッシャー家の過去の栄華はロデリックが即興詩に仕上げ、神秘的な幻想曲のように口ずさんでいた。題して「魔の宮殿」（"The Haunted Palace"）。かつて緑濃い谿《たに》に天使が住処としていた宮殿があった。谿間に妙なる琵琶《リュート》の調べが奏でられ、宮殿内の玉座には貴き天子が坐し、美しき妖精が舞う日々であった。ところがある日、悲しみの衣を纏う魔性が王の領土を襲い、その宮殿は滅亡した。ありし日の栄華と栄光は消え去り、いまは幻の夢のように変わり果ててしまった。即興詩の最後のスタンザは次の通りである。

いま旅人がこの谿を進み行き

真紅《くれない》に燃ゆる宮殿の窓から眺むれば
大いなる物影　ただ幻影《まぼろし》の如く浮ぶ
楽の調べの乱れし旋律にあわせて。
はたまた、身の毛のよだつ奔流の如く
青ざめた宮殿の扉から
魔の亡霊の群が走りいで
嘲笑《あざわら》いて、もはや喜色《うれしさ》の影もなし。

《湖》に沈んだアッシャー館

《魔の宮殿》とは、アッシャー館の現在の姿なのである。滅びゆく館には、いままさに滅び去らんとしているアッシャー家の兄妹が最後の呼吸をしている。ここに描かれた「旅人」は友人の語り手であり、その風景もまた語り手の心象風景に他ならない。心象風景は魂の不滅の知覚から生まれるが、《知覚》は人間の魂の独占物ではなく、ポーによると森羅万象にみられる。すべての植物、すべての建物、なかんずくアッシャー館の灰色の石材、あるいは石に付着する菌類や朽木にさえも、いまそれが存るがままに整然と配列しているのは、そこに心霊的知覚が存在していたからである。アッシャー館の現在は数世紀にわたる長い歳月を経て、いま見る荒涼たるメランコリーな姿に変容してしまった。マダリインは強梗症の発作から肉体が衰弱し、遂に滅びの究極である死を迎えても、アッシャー一族の滅亡を永遠の愛に鎖《つな》ごうとした。

さきにも述べたように、生きたまま棺に収められた妹マダリインが、立ち上がって兄の肉体の上に断末魔の苦悶の叫び声と共に倒れたのは復讐でもなく、ましてやマリイ＝ボナパルトの指摘する近親相姦でもない。それはマダリインによる、霊魂《アニマ》の再生を兄の肉体の中に求める行為であったのではなかろうか。兄と妹に分裂させられ、いま破滅に追い込められたマダリインによる、アッシャー家への回帰に他ならない。中世における《死の舞踏》とは、死者が生者の肉体の中に霊魂《アニマ》として浸透し、そこに死後の安寧《やすらぎ》を求めることである。これと同じようにマダリインは兄と合体して永劫の魂の不滅を実現しようとした。ロウィーナの中にライジーアが復活したように、また、モレラの娘の死によって「私」のモレラへの愛が復活したように、ロデリックはマダリインとの霊的合体によって完璧な愛《エロス》を成就したのである。

夢か現《うつつ》かの区別もなく、語り手は恐怖のあまり館から外へ飛び出すと、外は嵐が猛り狂っていた。すると、異様な光線が小径にそうように走った。光線の背後にはアッシャー館が一陣の旋風とともに真二つに裂け、轟然たる音響とともに「底知らずの、幽気の立ち昇る湖」の中に沈んでいったのである。いまアッシャー館の残骸のすべてを呑み込んだ湖の上には「血のように赤い満月」（狂気の象徴）が輝いていたという。

滅びと永遠の愛

「アッシャー館の墜落」には、このように重大な三つの滅びのヴィジョンが鮮明に描かれている。第一は、アッシャー一族の過去の栄光とその悲惨な没落の姿。

第二は、最後の生き残りであるアッシャー家の兄妹の死。そして第三は、アッシャー館そのものの湖の中への墜落による消滅である。

さてこの三つの滅びのヴィジョンを収斂していくものが《湖》(tarn)である。この湖は大自然の精霊《ガイスト》によって覆われる「自然の神」の宿る場所である。ダンテが「地獄篇」(第七歌一二二)に描くような《地獄》のイメージはなく、幽気の立ち昇る超自然的美のメタファーとしての湖であるから、館が墜落していく湖は魂の再生あるいは霊知を表象している。それ故にポーはこの湖を《魂を再生させる鏡》として捉え、そこに一切の創造力の根源を表そうとしたのである。アッシャー館が《湖》に墜落するのは破滅から再生するために、大自然の精霊に迎えられて、底知らずの大宇宙の静謐さへと進み、破滅を通して精神の一致にむかって働きつづける力学、つまり「力動的想像力が運動のイメージを生起させる」(ガストン＝バシュラール)ものに他ならない。そのことは「原初の単一状態という唯一のものは、次代に続発するすべての世界を生む原因が潜んでいると共に、それらのものの必然的な破滅の萌芽も潜んでいる」(『ユリイカ』)というポーの哲学的信念の小説化がここにある。ロデリックの死はマダリインの不滅の愛によって再生し、アッシャー家は滅びの瞬間から新しい創造の萌芽が潜み、《魔の宮殿》は愛の心霊美学によって宇宙に実在するということになる。それ故に「アッシャー館の墜落」は恐怖の没落小説ではなく、《愛の物語》であり、滅びのヴィジョンは《永遠の愛》に昇華されていくのである。

さらに付け加えるならばマダリインとロデリックの愛の物語はライプニッツのいう生動的で霊的

な《モナド》である。霊魂と肉体との関係とは「つまり、死とは、魂がその肉体という機械を構成していた諸モナドの一部分を失うことによって、生命あるものが、まだこの世の舞台に現れなかった以前の状態に似た状態に帰ること」である。かくして、この作品は死の本能と性の本能との中間に発生する新しい心理的恐怖というロマネスクな幻想を通して、宇宙の無限の中に回帰する霊魂のダイナミックな《モナド》の実在を描いた美学的世界なのである。

五　「ヴァルドマアル氏の病症の真相」――醜の世界

醜く腐敗した肉体

ポーの描く《滅び》のヴィジョンは、すべからく「宇宙創造《アルケー》の美の根源」へ回帰するものではなかった。「ヴァルドマアル氏の病症の真相」にみられる

《滅び》は腐臭を放つ肉体に結果する醜の世界であったからである。

ヴァルドマアル氏は一八三九年以来ニューヨークのハーレムに住む男であったが、すでに慢性の肺結核におかされて医師から死の宣告を受けていた。左肺は十八か月前から半ば骨質化して軟骨状となり、右肺の上部も骨質化が進み、その下部は相錯綜する化膿した結節の塊となり、しかも大きな空洞が幾つもあり、すでに肋骨への癒着が起こっていた。そればかりか大動脈の動脈瘤に罹っている疑いもあったというから、彼の死は時間の問題であったという。

こうしたとき、語り手の「私」は催眠術に関心を抱いていたことから、まさに臨終の床にいる人間に催眠術をほどこしてみようと考えた。そんな先例は過去になかったから、生前のヴァルドマアル氏に実験の許可を求め、さらに証人として知人の医学生にもその実験の件を告げた。「私」はまずヴァルドマアル氏の心を鎮静化させるために、催眠術の按手《あんしゅ》を始め、それから額を横から撫でると忽ち効果があらわれた。すでにヴァルドマアル氏の脈拍は止まっていたが、十五分過ぎに吐息が

もれ、やがて完全な催眠状態に堕ちた。「私」が彼の躰の上で静かに右腕を動かすと、ヴァルドマアル氏の腕も反応し、指示する方向へと動き始めた。

「ヴァルドマアルさん、あなたは眠っているのですか」と私が問うと「そうだ——眠っている。起さないでくれ、このまま死なせてくれ！」と、ささやくような声で喋った。

「ヴァルドマアルさん、胸が痛みますか」ときくと、「痛みはない、わたしは死にかけているんだ！」と応えた。

このような催眠術による問答を死にかけている男と交すことが可能なことは、ポーの心霊的存在への知覚という理論の適用であり、肉体と霊魂が分離しても、モレラやライジーアの場合と同じように、霊魂《アニマ》は相当時間、現世に生き続けるという実験の成果を証明している。

「私」はこんどはヴァルドマアル氏を催眠状態から覚醒させるために、例の按手を行ったが成功せず、瞳が眼球の下へさがり、鼻を衝く悪臭を放ち、黄色がかった脳漿《のうしょう》が流れ出てきた。こうした現象は医学的に明らかな死の兆候であった。「私」は「ヴァルドマアルさん、あなたはどんな気持ですか。何を望んでいますか？」とたずねると、「早く！　早く！　わしを眠らせてくれ、さもなくば早く目覚めさせてくれ！　早く！　おれは死んでるんだぞ！」とものすごい声で叫んだ。そして、次の瞬間、「死んだ！　死んだ！」というヴァルドマアル氏の叫び声が、唇からではなく舌から、ほとばしり出てきた。「私」は急いで覚醒させようと按手を施していると、一分もたたぬうちに、ヴァルドマアル氏の肉体は萎縮し、崩れてゆき、「私」の手の下ですっかり腐敗し果てておおり、それは身の毛のよだつような「液体に近い塊」に変わり果てていたのである。

催眠術の欺瞞

死にゆく肉体に宿る霊魂《アニマ》との心霊的交感《コレスポンダンス》は、ポーの作品における主要なモチーフであるが、催眠術を施したために肉体そのものの《滅び》の醜さをさらけ出し、そこには生命の救済はなかった。催眠術というのは、術者が催眠によって生者の過去（前世の自己の正体）を呼び起こすという無意識（無感覚）の状態を創ることである。催眠はギリシア語の睡眠（hypnos）から派生していることから、一時的睡眠状態に導くことでもある。しかし、一時的睡眠状態における脳運動は覚醒している時（意識）の左大脳が眠れば、右脳が反応することから、ヴァルドマアル氏の言葉による反応は右脳の活動によっている。ところが、アントン＝メスメルの弟子であるピュイゼギュール侯爵の学説（一七八〇年）では、ヴァルドマアル氏が「液体に近い塊」となった腐肉の変化を説明することができない。ポーが按手という肉体から放射する磁気を援用していることは、やはりアントン＝メスメルの磁気説、つまり、宇宙に充満する帯磁性の液体（動物磁気）が《霊力》を備え、それが生命力の一種であり、これを患者に放射することによって治療効果をあげることができる、という説を採用したのである。ところが、按手の術が完全に失敗に終わったのではなく、ヴァルドマアル氏が催眠術を受ける前に、すでに完全に死んでおり、腐肉の状態になっていたことに気づかない「私」の幻覚症状に他ならない。ヴァルドマアル氏の反応は実は「私」自身の心因反応であり、心霊的知覚への存在は語り手に還元されているのであった。このように、ヴァルドマアル氏の肉体の《滅び》は、宇宙のエーテルとは無関係だったのである。

六　心霊的交感原理

《滅び》のヴァリエーション　ポー芸術における《滅び》のヴィジョンには、いくつかのヴァリエーションがみられる。第一は「アッシャー館の墜落」のように、物理的な建物の崩壊ではなく、兄妹の愛する者の霊魂の合体（根源的単一状態への回帰）によって、宇宙の中心へと墜落（上昇または昇華）することで「必然的な破滅の萌芽」が期待されるものである。宇宙の中心へ向かうということは《神の業》であった。これに類する作品に「メエルシュトレエムに呑まれて」をあげることができる。巨大な渦の中心へと漁民たちが墜落して絶体絶命の運命に遭遇することは、ニュートンの原理を超越した《神の業》であった。そして、たった一人だけが木片につかまり、渦の回転という自然の力で救済されるということは、ジョウゼフ＝グランヴィルの言葉ではないが「われわれが形づくる雛型は神の業の偉大さ、深遠さ、不可測さに比べれば同日の談ではなく、まことに神の業はデモクリトスの井戸よりも深い」のである。「井戸」とは万物を形成しているアトムが、宇宙空間でたえず活動している「深淵の神霊的英知」であり、メエルシュトレエムに呑まれて死亡した漁夫たちの魂は、デモクリトスの井戸の中で永遠に生き続けるのである。その意味で「アッシャー館の墜落」と同様に、そこには「必然的な破滅の萌芽」を期待することができるだろう。

第二はライジーアやモレラやベレニスのように霊魂の不滅によって、他者に破滅した肉体から移行する物語。そして、ユイスマンスによると「いずれもドイツ哲学の濃霧と古代オリエントのカバラ秘伝に浸された、該博な学識の所有者であって、いずれも少年のような天使のような中性の胸をもち、いわば、いずれも性《セックス》をもっていないかのごとくである」（澁沢龍彦訳『さかしま』）。

第三は「約束ごと」の公爵婦人アフロディーテと英国青年の自殺のように、それはポリティアンの悲劇『オルフェオ』の愛の結末、つまりプラトン的愛《エロス》の不滅である。フィレンツェのネオ・プラトニスト、フィチーノがプラトンの『饗宴』を註釈して「愛《エロス》は美にはじまって快楽に終わる」と語ったように、死の快楽から生の回帰という冥界幻想を主題にしたものである。これは「エレオノーラ」や「アルンハイムの地所」に描かれた《夢の国》へと連鎖していく。

第四は「黒猫」「アモンティィリャアドの酒樽」「ちんば蛙」「告げ口心臓」にみられるような希望なき復讐と破滅である。《天邪鬼《あまのじゃく》 Perverseness》に囚われた人間の「心の原始的衝動」と「人間の性格を左右する分析しがたい性質」という名の《狂気》による《滅び》である。

「してはならぬことを知っている故に、ただ、それ故に、卑劣でかつ愚劣な行為を再三繰り返しながら、それに気づかなかったという人間が果たしているのだろうか。最も勝れた判断力をもっていながら、犯すべからざる掟を、ただそれを犯すべからざるものと知っているが故に、われわれは犯したくなるのではないだろうか？」（「黒猫」）

このような犯罪意識は人間特有の原始的衝動、つまり愛憎共存感情《アンビヴァレンス》が行為に移行したときにのみ自己意識となるという主題である。

第五は「ヴァルドマアル氏の病症の真相」に代表されるような死者への実験と全く救いがたい幻覚作用である。死んだ肉体に霊魂《アニマ》の実在を確信するポーはモレラやライジーアにそれを描いたが、ヴァルドマアル氏に対するポーの視点は醜く腐敗した肉体の恐怖と心因反応を主題に、人間の古代からの関心事の一つであった催眠術の欺瞞を描く。これは「ウィリアム・ウィルソン」の自己自身の破滅と内容は全く異にするが、「犠牲《いけにえ》として死の前に立つ」ウィルソンとヴァルドマアル氏はどこかで共通した死のヴィジョンが向き合っている。ウィルソンはヴァルドマアル氏と同じように「おれは死んでしまった！」と叫ぶ男であった。

「生と死を隔てる境は曖昧模糊としたものである」とポーは「早まった埋葬」で述べているが、原因不明の市民の夫人の病死、ヴィクトリーヌ＝ラフールカード嬢の早まった埋葬事件などは、その病理学的視点から第五の中に類別することが可能だろう。

第六は不条理の死というべき「赤死病の仮面」「モルグ街の殺人」「マリー・ロジェの謎」のように、ニュージャーナリズムの視点から社会そのものが生み出す死の犠牲がある。「陥穽と振子」は主人公が死にいたらなかったものの、滅びゆく精神を描いて、そこには生の不条理と恐怖の逆説的世界が描き出されている。

ポーの《滅び》のヴィジョンは以上のように多岐にわたってはいるものの、特にポーが力点を置いたことは一体何であろうか。現世には、霊界と人間を結ぶ不可視な琴線が存在しており、それは単なる幻想や幻覚ではなく、可視的世界と不可視な世界の連続の中にあって、つまり、不可視なものの中にこそ真実の世界があるからこそ、自己の心霊が冥界の存在を知覚することができるということである。それを《心霊的交感原理《コレスポンダンス》》と呼んでいる。このようなコレスポンダンスを通して生命のイニシエーションが実現し、霊魂は死から再生へ復帰するという心霊美学をポーは主題にしたのであった。《心霊美学》――これこそがポーの《滅び》のヴィジョンの究極の芸術世界であったと考えられる。それは、まさしくアルベール＝ベガンが語る「ロマン的魂」そのものに他ならないのである。

むすび

シャルル＝ボードレールは天才ポーの生涯を知って絶望的にこう書いた――「なんといたましい悲劇であろうか！　アメリカ合衆国は巨大な牢獄にすぎぬ。ガス灯に照らし出された宏大な蛮境だ。ポーはこの嫌悪にみちた社会の影響から逃れ、己が精神を高揚させるために酒を飲んだ。私は殉教録に新しい一人の聖人を加える」（「ポー、その生涯と作品」）。ボードレールの指摘する通り、当時のアメリカは名ばかりの民主主義が横行し、個人の精神的独立心も正義感もなかった。ポーが活躍していた時代にエマソンが「自己信頼」「詩人」「報償」「愛」「大霊」などの論文を発表したのは故なきことではなかった。しかし、こうしたエマソンの自然論や霊魂不滅説はポーには空虚に響くだけだった。エマソンは知識人としての自覚から発言したが、ポーは生活者、それも貧者の一人として、生きるために詩と小説を書いた。それは芸術にとって邪道であろうか。パンのために詩や小説を書けば私生活の絶望的苦悩と経済的破綻を主題とするなまなましいリアリズム文学が誕生するが、ポーは失恋や妻の死を天国での《夢》と《希望》につなげ、清純なプラトン的《愛《エロス》》に生きようとした。ポーの知識と教養は詩や小説作品以外に散見できる。『マルジナリア』をはじめ、多くの書評や文壇時評によってギリシア文学から十八世紀イギリス・ロマン主義にいたるまでその学殖はエマソン、ロングフェロー、ホームズらハーヴァード一派に勝っても劣るものではなかった。しかし、ポーは《知》のために生きるより《美》と《愛》のために生きた。金銭は必要だろう。しかし金銭のために死ぬことよりも《愛》のために死ぬことを喜びとしたのである。

D＝H＝ロレンスがいみじくも述べたように、ポーは《愛》の物語を書いたのである。そして《愛》の終焉は死ではなく、霊魂が永劫不滅としてこの宇宙に存在し、愛する者への想い《ヴィジョン》の強さに比例して、亡き人々の霊魂と《語る》ことができるとポーは確信する。ポーはそのような想い《ヴィジョン》を持つ詩人であった。このような霊魂との心霊的交感《コレスポンダンス》を認めることを「心霊的存在への知覚」とポーは称している。ノヴァーリスはこんなことを言った――「生は死の始まりである。生は死のために存する。死は終極であると同時に発端であり、分離であると同時に、さらに密接に自己と結合する。死によって還元が完成する」。つまりポーの芸術には《死》は存在せず、そこから新しい生命の萌芽を知覚することができるのはわれわれが《生》を自覚している時においてである。

人生は偉大なる闇である。偉大なる闇の中にこそポーの芸術が神霊の光を放ってわれわれの肉体の中に生き続けるのは何故か。それは人間の誰もがポーと同じような気質を持ち、《美》と《愛》を渇望しているからである。

エドガー=アラン=ポー年譜

西暦	年齢	年譜	背景となる社会的事件と参考事項
一八〇九		1月19日、ボストンで生れる。父デイヴィッド=ポー二世（David Poe, 1784—1810?）母エリザベス=アーノルド（Elizabeth Arnold, 1787?—1811）の次男。父母は舞台俳優だった。	ジェファソンが大統領（一八〇一）を退く。テニソン（～九二）生れる。ホームズ（～九四）生れる。アーヴィング『ニューヨーク史』
一〇	1	10月頃、父デイヴィッド失踪。12月20日（推定）、妹ロザリー生れる。	スコット『湖上の美人』 ベルリン大学創立。 シューマン（～五六）、ショパン（～四九）生れる。
一一	2	12月8日、母エリザベス死亡。エドガーはスコットランド出身の貿易商、ジョン=アラン家に養子として引き取られた。	リッチモンド劇場大火。 ブライアント『死生観』 （一八一二）米英戦争が始まる。バイロン『チャイルド・ハロルドの巡礼』。ディケンズ（～七〇）、ゴーティエ（～七二）生れる。 （一八一三）キルケゴール（～四二）生れる。

一八一五	6	7月、アラン夫妻と共に渡英。アーヴィンのグラマー・スクールで学ぶ。	ナポレオン没落。ウィーン条約。
一七	8	ロンドン郊外のストーク・ニューイントンにあるマナー・ハウス学校に入学。	ソロー（〜六二）生れる。コールリッジ『文学評論』。バイロン『マンフレッド』（一八一九）メルヴィル（〜九一）、ローウェル（〜九一）、ホイットマン（〜九二）生れる。
二〇	11	8月、アラン夫妻と共にリッチモンドに帰る。ジョウゼフ＝H＝クラークの「英語・古典学校」に通う。	アーヴィング『スケッチ＝ブック』（一八一九—二〇）。ダニエル＝ブーン没。（一八二一）ボードレール（〜六七）、ドストエフスキー（〜八一）生れる。
二二	13	8月15日、従妹ヴァジーニア＝イライザ＝クレム（のちポーの妻）が生れる。	ギリシア独立宣言。ホフマン没。アーヴィング『ブライスデール・ホール』
二三	14	4月、ウイリアム＝バークの学校に入学。ロバート＝スタナードを知る。彼の母、ジェイン＝S＝C＝スタナード夫人を知り、「魂の恋人」として永遠の情熱を捧げた。	クーパー『開拓者』。カーライル『シラー伝』（〜二四）。モンロー大統領がモンロー主義を提唱。ゲーテがバイロンに詩を贈る。
二四	15	4月28日、スタナード夫人死亡。のちに「ヘレンの君へ」を書く。	バイロン没。アーヴィング『旅人物語』
二五	16	サラ＝エルマイラ＝ロイスターと親しくなり、秘かに婚約。バイロンに傾倒。	民主党を結成。ヴァジーニア大学創立。「ケンタッキーの悲劇」と呼ばれる殺人事

一八二六	17	2月、ヴァージーニア大学に入学。12月、賭博に手を出し、二千ドルの借金をかかえて退学。エルマイラはアレグザンダー=B=シェルトンと婚約。	件が起きる。ジョン=アダムズ第六代大統領に就任。クーパー『モヒカン族の最後』テニソン『二兄弟の詩』(~二七) トルコ軍がギリシアに侵入。ミュンヘン大学創立。
二七	18	5月、志願して合衆国陸軍へ入隊。初夏の頃、処女詩集『タマレーン、その他の詩』を出版。11月、南カロライナ州のサリヴァン島に移動。	ベートーヴェン没。ハイネ『歌の本』。クーパー『大草原』ゲーテ全集(コッタ版全四〇巻、一八三〇年完結)刊行。
二八	19	12月、モンロー要塞へ移動。	シーボルト事件。ホーソーン『ファンショー』
二九	20	2月、継母フランセス死亡。4月、除隊。10月、義父アラン再婚。12月、第二詩集『アル・アーラーフ、タマレーン、および小詩集』を出版。	ジャクソン第七代大統領に就任。メリメ『シャルル九世年代記』アーヴィング『グラナダ征服記』
三〇		7月、ウェスト・ポイント陸軍士官学校に入学。	テニソン『抒情詩集』。エミリー=ディキンソン(~八六)生れる。ボルティモア―オハイオ間に鉄道が走る。
三一	22	2月、軍務を怠り放校処分。4月頃、第三詩集『ポー詩集』を出版。その後、ボルティモアの叔母クレム	ヘーゲル没。ギャリソン『リベレイター』創刊。兄ヘンリー没。ジョン=P=ケネデ

		夫人に身を寄せる。養父アランに過去を反省する手紙を書く。	ィー『ツバメ』。アーヴィング『アルハンブラ』。コレラが大流行。
一八三三	24	10月、『サタディ・ヴィジター』誌の懸賞に応募、「壜の中の手記」が当選、五十ドル獲得。ジョン=P=ケネディーを知る。	(一八三二) ゲーテ没。『テニソン詩集』 カーライル『衣裳哲学』 メリメ『二重の誤解』 ブライアント『詩集』
三四	25	3月、義父ジョン=アラン死亡。	コールリッジ没。ラム没。 ゲーテ『ファウスト』
三五	26	8月、『サザン・リテラリー・メッセンジャー』誌の編集者となる。 9月、ボルティモアで、従妹ヴァジーニアとの結婚許可証をもらう。	サミュエル=モースが電信機を発明。 トックヴィル『アメリカの民主主義』 ジョン=ケネディー『蹄鉄のロビンソン』 ゴーティエ『モパン嬢』 マーク=トウェイン(〜一九一〇)生れる。
三六	27	5月16日、ヴァジーニア(十三歳九ヵ月)と結婚。エルマイラ=シェルトン夫人がポーを訪ねる。	エマソン『自然論』。ハイネ『ロマン派』 超越クラブ結成。
三七	28	1月、『メッセンジャー』を退職。	ヴィクトリア女王即位。ディケンズ『オリバー・トウィスト』(〜三九)
三八	29	7月、『アーサー・ゴードン・ピムの物語』を出版。	アイルランド独立運動。
三九	30	7月、『ジェントルマンズ・マガジーン』の編集者となる。	蛮社の獄。 ロングフェロー『夜の声』。

一八四〇	31	11月頃、『グロテスクでアラベスクな物語』を出版。 6月、『ジェントルマンズ・マガジーン』をやめる。 11月、『グレアムズ・マガジーン』に移る。	ウォルター＝ペイター生れる アヘン戦争（～四二） ハーディー（～一九二八）生れる。
四一	32	4月、『グレアムズ』の主筆となり、短編を続々と発表する。	エマソン『エッセイ―第一集』。 ディケンズ『バーナビー・ラッジ』 カーライル『英雄論』 ハリソン第九代大統領に就任。
四二	33	1月、妻のヴァジーニアが喀血。 3月、ディケンズと面会する。 5月、『グレアムズ』を去る。生活苦にあえぐ。	ロングフェロー『バラッド、その他』 テニソン『詩集』。ホーソーン『トワイストールド・テール』第二版を出版。ポーが注目する。ディケンズ『アメリカ覚書き』
四三	34	6月、『ダラー・ニューズペイパー』の懸賞で「黄金虫」が入選。百ドル入手。 この年『ポー散文物語集』を出版。	ディケンズ『クリスマス・キャロル』 ラスキン『近代画家論』 ワーズワス桂冠詩人となる。
四四	35	4月、フィラデルフィアを去ってニューヨークへ移る。 11月、『デモクラティック・レヴュー』に「マルジナリア」を連載。 生活苦が続く。	ニーチェ（～一九〇〇）生れる。ワシントン―ボルティモア間に鉄道開通。ローウェル『詩集』。エマソン『エッセイ―第二集』。ローウェル『詩集』

一八四五	36	1月、『イヴニング・ミラー』に「大鴉」を発表。 7月、『ポー物語集』を出版。 11月、詩集『大鴉、その他の詩』を出版。	アイルランドにポテト飢饉が起る。 ローウェルが「ポーの伝記」(『グレアムズ』二月号)を発表。 ジャクソン的民主主義が流行。
四六	37	5月頃、フォーダムに移る。 12月、ヴァジーニア再び喀血。ポーの一家は困窮、餓死、凍死寸前となる。	アメリカ・メキシコ戦争。 メルヴィル『タイピー』 ホーソーン『旧牧師館の苔』
四七	38	1月30日、ヴァジーニア死亡(二四歳五ヵ月)。ポーも病床につく。マリー=L=シュウ夫人の看病を受ける。	ポーの「黒猫」がイザベル=ムーニによって仏訳され、ボードレールが注目する。 ドストエフスキー『貧しき人々』。ツルゲーネフ『猟人日記』(〜五二)。ロングフェロー『エヴァンジェリン』。テニソン『王女』。ブロンテ『ジェイン・エア』。サッカレー『虚栄の町』。メルヴィル『オムー』。
四八	39	2月、散文詩「ユリイカ」をニューヨークの「ソサエティ・ライブラリー」で朗読。 6月。単行本として出版。 9月、サラ=ヘレン=ホイットマン夫人に求婚。拒絶されたのち禁酒を条件に婚約成立。ポー飲酒して破談	アイルランド系移民の増大。 フランス二月革命。 ドイツ三月革命。 マルクス、エンゲルス『共産党宣言』 カリフォルニアに金鉱発見。

		となる。アルコールにひたる。 11月、アニー=リッチモンド夫人に求愛の手紙を書く。 自分の雑誌『スタイラス』のため全力をつくす。	ドイツ系移民の増大。 ローウェル『ビッグロウ・ペイパー』
一八四九	40	6月、その準備にニューヨークを去ってリッチモンドに赴く。 7月、シェルトン夫人（昔の恋人、エルマイラ）を訪ね、求婚。拒絶される。 8月、エクスチェンジ・ホテルで「詩の原理」を講演、大好評を博す。ポーの積極的な求婚によって、シェルトン夫人との婚約が成立（10月27日挙式の予定）。 9月、自分の選集の出版準備に入り、ニューヨークに向う。9月27日午前4時出航、29日ボルティモア着。二、三日ボルティモアに滞在。10月3日、選挙戦に巻き込まれて飲酒、泥酔状態のまま発見される。四日間意識不明のまま、10月7日、午前5時、入院中のワシントン・カレッジ病院で死亡。四〇歳八ヵ月であった。10月8日、長老派教会で葬儀。遺体が同所に葬られた。	キルケゴール『死に至る病』。 ソロー『市民としての反抗』、『コンコード川の一週間』 カリフォルニアでゴールド・ラッシュ始まる。 ディケンズ『デイヴィッド・コパフィールド』。 メルヴィル『マーディ』。 パークマン『オレゴン街道』。 ザッカリー=テイラー第十一代大統領に就任。

参考文献

●ポーの作品

『ポオ全集』全三巻　佐伯彰一、福永武彦、吉田健一編――東京創元社　一九六三
『エドガア　アラン　ポオ全集』谷崎精二訳――春秋社　一九六九―七〇
『詩人Ｅ・Ａ・ポー』尾形敏彦訳――山口書店(京都)　一九八七

●ポーの伝記・研究書

『エドガア・ポオ――人と作品』谷崎精二――研究社　一九六七　増補版　一九七一
『エドガア・ポオ論考――芥川龍之介とエドガア・ポオ』江口裕子――創文社　一九六八
『エドガー・アラン・ポー研究――破壊と創造』八木敏雄――南雲堂　一九六八
『エドガア・アラン・ポオ――芸術と病理』野村章恒――金剛出版　一九六九
『エドガー・ポーの世界――詩から宇宙へ』小山田義文――思潮社　一九六九
『図説　ポオのイメージと回想』――野村章恒――金剛出版　一九七四
『近代日本とポー』(『日本近代文学の成立』下、収録)　佐渡谷重信――明治書院　一九七七
『ポー――グロテスクとアラベスク』八木敏雄――冬樹社　一九七八
『文壇の異端者エドガー・アラン・ポーの生涯』宮永孝――ゆまにて出版　一九七九
『エドガー・アラン・ポーの世界――罪と夢』水田宗子――南雲堂　一九八〇
『わがエドガア・ポオ』小川和夫――荒竹出版　一九八一
『ポーの冥界幻想』佐渡谷重信――国書刊行会　一九八八

〔翻訳〕
『ポーとフランス』 パトリック＝F＝クィン、中村融訳——審美社 一九七五
『ポオとボードレール』 パトリック＝F＝クィン、松山明生訳——北星堂 一九七五
『エドガー・アラン・ポー』 八木敏雄編訳——冬樹社 一九七六
『名探偵ポオ氏』 ジョン＝ウォルシュ、海保真夫訳——草思社 一九八〇

〔雑誌特集〕
『ポオ研究』——『新詩論』 一九三三
『エドガー・ポー特集』——『無限』 一九六九
『特集＝エドガー・ポオ 怪奇と幻想の文学』——『ユリイカ』 一九七四
『文芸読本 ポー』——河出書房新社 一九七八

〔英文〕（主に本書に有益だった伝記に限定した）
Hervey Allen, *Israfel : The Life and Times of Edgar Allan Poe.* 2 vols.New York, 1926.,rpt.,Rinehart, 1956.
Marie Bonaparte, *The Life and Works of Edgar Allan Poe : A Psychoanalytic Interpretation.* Trans. John Rodker, Imago, 1949.
Arthur Hobson Quinn, *Edgar Allan Poe : A Critical Biography,* D. Appleton-Century Co.,1941.,rpt., Cooper Square Publishers, Inc.,1969.
Dwight Thomas and David K.Jackson, *The Poe Log : A Documentary Life of Edgar Allan Poe 1809-1849,* G.K.Hall & Co., 1987.
J.Gerald Kennedy, *Poe, Death & the Life of Writing,* Yale University Press, 1987.

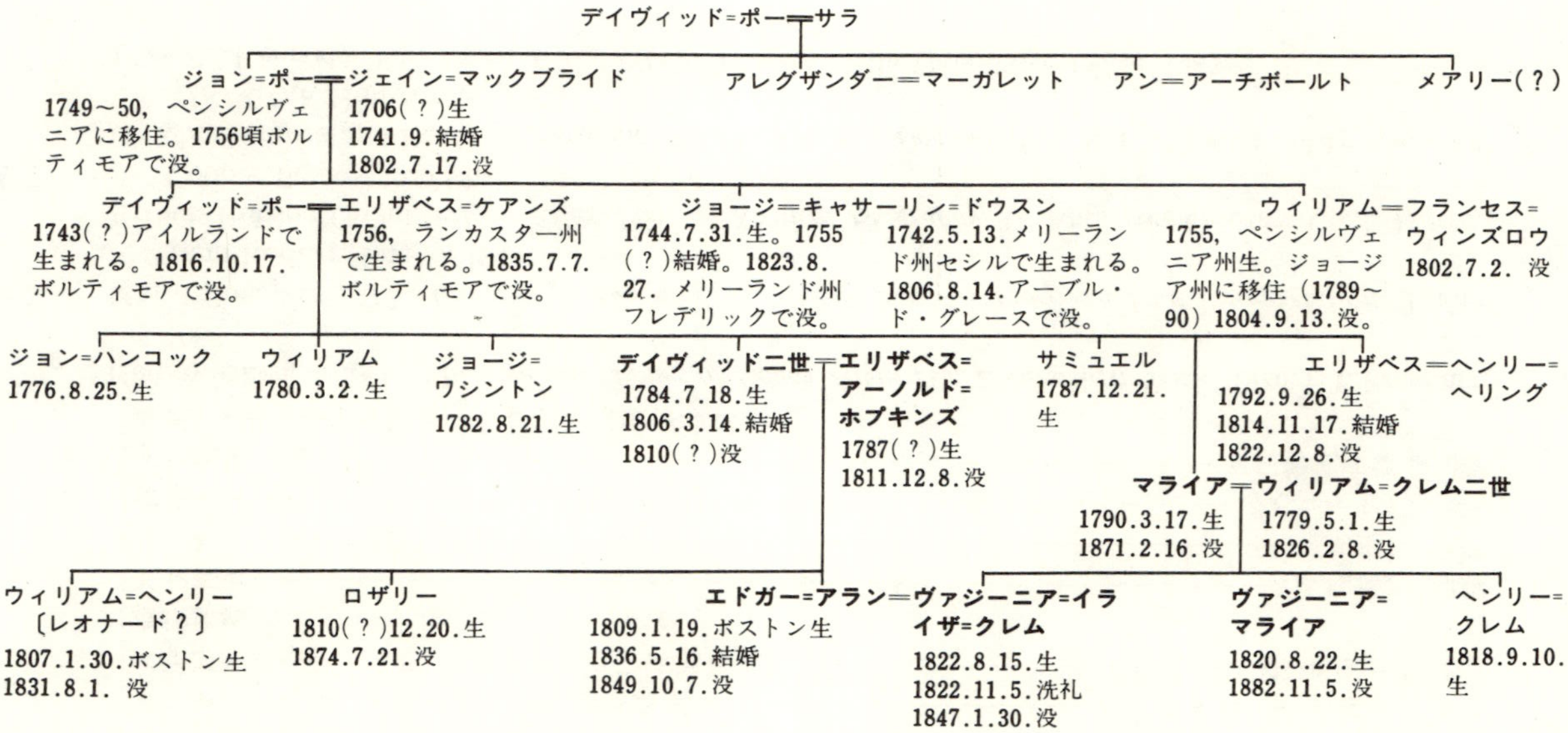
デイヴィッド=ポー═サラ
ジョン=ポー═ジェイン=マックブライド
1749～50，ペンシルヴェニアに移住。1756頃ボルティモアで没。
1706(？)生
1741.9.結婚
1802.7.17.没
アレグザンダー＝マーガレット
アン＝アーチボールト
メアリー(？)
デイヴィッド=ポー═エリザベス=ケアンズ
1743(？)アイルランドで生まれる。1816.10.17.ボルティモアで没。
1756，ランカスター州で生まれる。1835.7.7.ボルティモアで没。
ジョージ＝キャサーリン=ドウスン
1744.7.31.生。1755(？)結婚。1823.8.27．メリーランド州フレデリックで没。
1742.5.13.メリーランド州セシルで生まれる。1806.8.14.アーブル・ド・グレースで没。
ウィリアム＝フランセス=ウィンズロウ
1755，ペンシルヴェニア州生。ジョージア州に移住（1789～90）1804.9.13.没。
1802.7.2．没
ジョン=ハンコック
1776.8.25.生
ウィリアム
1780.3.2.生
ジョージ=ワシントン
1782.8.21.生
デイヴィッド二世＝エリザベス=アーノルド=ホプキンズ
1784.7.18.生
1806.3.14.結婚
1810(？)没
1787(？)生
1811.12.8.没
サミュエル
1787.12.21.生
エリザベス＝ヘンリー=ヘリング
1792.9.26.生
1814.11.17.結婚
1822.12.8.没
マライア═ウィリアム=クレム二世
1790.3.17.生
1871.2.16.没
1779.5.1.生
1826.2.8.没
ウィリアム=ヘンリー〔レオナード？〕
1807.1.30.ボストン生
1831.8.1．没
ロザリー
1810(？)12.20.生
1874.7.21.没
エドガー=アラン＝ヴァジーニア=イライザ=クレム
1809.1.19.ボストン生
1836.5.16.結婚
1849.10.7.没
1822.8.15.生
1822.11.5.洗礼
1847.1.30.没
ヴァジーニア=マライア
1820.8.22.生
1882.11.5.没
ヘンリー=クレム
1818.9.10.生

〔参考〕

ポー家の家系(アーサー=ホブスン=クウィンの『ポー伝』(1941)による。

さくいん

【人名】

【書名】

エドガー＝A＝ポー■人と思想94　　定価はカバーに表示

1990年9月15日　第1刷発行©
2016年4月25日　新装版第1刷発行©

・著　者 ……………………… 佐《さ》渡《ど》谷《や》重信《しげのぶ》
・発行者 ……………………… 渡部　哲治
・印刷所 ……………………… 広研印刷株式会社
・発行所 ……………………… 株式会社　清水書院

〒102-0072　東京都千代田区飯田橋3-11-6
Tel・03(5213)7151～7
振替口座・00130-3-5283
http://www.shimizushoin.co.jp

検印省略
落丁本・乱丁本は
おとりかえします。

Century Books

Printed in Japan
ISBN978-4-389-42094-9

Century Books

清水書院の〝センチュリーブックス〟発刊のことば

近年の科学技術の発達は、まことに目覚ましいものがあります。月世界への旅行も、近い将来のこととして、夢ではなくなりました。しかし、一方、人間性は疎外され、文化も、商品化されようとしていることも、否定できません。

いま、人間性の回復をはかり、先人の遺した偉大な文化を継承して、高貴な精神の城を守り、明日への創造に資することは、今世紀に生きる私たちの、重大な責務であると信じます。

私たちがここに、「センチュリーブックス」を刊行いたしますのは、人間形成期にある学生・生徒の諸君、職場にある若い世代に精神の糧を提供し、この責任の一端を果たしたいためであります。

ここに読者諸氏の豊かな人間性を讃えつつご愛読を願います。

一九六七年

SHIMIZU SHOIN